Da Capo Press Music Reprint Series

GENERAL EDITOR: FREDERICK FREEDMAN

Vassar College

The Works of
RICHARD WAGNER

VII

ORCHESTERWERKE [1]
ORCHESTERWERKE [3]

The Works of

RICHARD WAGNER

Music Dramas

Tannhäuser
Lohengrin
Tristan und Isolde

Early Operas

Die Hochzeit
Die Feen
Das Liebesverbot

Musical Works

Lieder und Gesänge
Chorgesänge
Orchesterwerke [1]
Orchesterwerke [3]

The Works of
RICHARD WAGNER

Edited by Michael Balling

VII

[Volumes 18 & 20]

ORCHESTERWERKE [1]

ORCHESTERWERKE [3]

DA CAPO PRESS • NEW YORK • 1971

A Da Capo Press Reprint Edition

This Da Capo Press edition of *The Works of Richard Wagner* is an unabridged republication in seven volumes of *Richard Wagners Werke,* published originally in ten volumes in Leipzig, 1912-*c.* 1929. It is reprinted by special arrangement with Breitkopf & Härtel.

Although the first edition was originally projected as a complete compilation of Richard Wagner's musical scores, only the ten volumes now reprinted were ever published.

Library of Congress Catalog Card Number 72-75306
SBN 306-77257-4

SBN (7-Volume set) 306-77250-7

Published by Da Capo Press, Inc.
A Subsidiary of Plenum Publishing Corporation
227 West 17th Street, New York, N.Y. 10011

Manufactured in the United States of America

Richard Wagners Werke

Richard Wagners Werke

Musikdramen – Jugendopern – Musikalische Werke

herausgegeben

von

Michael Balling

XVIII

Orchesterwerke

1. Abteilung

Verlag von Breitkopf & Härtel in Leipzig

Berlin · Brüssel · London · New York

Richard Wagners Musikalische Werke

Erste kritisch revidierte Gesamtausgabe

Vierter Band

Orchesterwerke

1. Abteilung

herausgegeben

von

Michael Balling

Verlag von Breitkopf & Härtel in Leipzig

Berlin · Brüssel · London · New York

Vorwort zum XVIII. Band

Die Werke des vorliegenden Bandes als Gelegenheits-Kompositionen zu bezeichnen, wie dies vielfach geschieht, dürfte nur sehr bedingt zu Recht bestehen; denn unter Gelegenheits-Komposition versteht man im allgemeinen doch wohl nur ein solches Werk, das gelegentlich dieser oder jener rein äußerlichen Veranlassung geschrieben wurde, und bei dessen Entstehung der Künstler innerlich nicht sehr tief beteiligt oder ergriffen war. Mit der einzigen Ausnahme des großen Festmarsches zur Hundertjahrfeier der amerikanischen Unabhängigkeitserklärung, dürfen wir wohl alle Werke dieses Bandes als unentbehrliche Glieder in der Reihe der Hauptwerke des Meisters betrachten; denn sie sind alle der Ausdruck tief inneren Erlebens, und nur insofern als Gelegenheits-Kompositionen im gewöhnlichen Sinne zu betrachten, als auch sie ihre Entstehung Ereignissen verdanken, die in der äußeren Gestaltung des Lebens Wagners einen gewissen Abschnitt bezeichnen oder eine bestimmte Bedeutung haben. Eine kurze Betrachtung der Entstehungszeit und der mit ihrer Entstehung verknüpften „äußeren Veranlassungen" dürfte dies klarlegen und daher hier wohl angebracht sein.

Die vielleicht wichtigste und bedeutungsvollste Entwicklungsperiode im Schaffen Wagners fällt in die Zeit seines ersten Pariser Aufenthaltes. — Vollendung des Rienzi, Entstehung der Faust-Ouvertüre, des fliegenden Holländers und „die Erschließung einer neuen Welt dichterischen Stoffes" — Tannhäuser, Lohengrin! — Das sind die künstlerischen Ergebnisse dieser 2½ Jahre. Welcher Art seine äußere Lebenslage war, sagen uns kurz und treffend die Worte auf dem Titelblatt des Kompositionsentwurfes zum Holländer. Sie lauten: In Nacht und Elend. Per aspera ad astra. Gott gebe es. R. W. — Noch ein anderes Dokument, das uns hier besonders interessiert, und das recht drastisch die Nacht und das Elend jener Pariser Zeit beleuchtet, ist auf uns gekommen, — jenes „famose Blatt", auf dessen einen Seite der Entwurf zur Faust-Ouvertüre steht, während die andere Seite Teile einer gewöhnlichsten Pariser Chansonette enthält. Die „äußerliche Veranlassung" zum schnellen Entwurf und der ebenso schnellen Ausführung der Komposition der Faust-Ouvertüre war die Aufführung der ersten drei Sätze der 9. Symphonie durch das Pariser Conservatoire-Orchester, die Wagner erlebte. Der Eindruck dieser Musik war es, der den unter „Nacht und Elend" glimmenden Funken in seinem Inneren zur hellsten Flamme entzündete; und diese Flamme zeigte ihm den Weg in eine neue Welt — in die Welt seines eigenen Genies! — Er betrat diesen Weg mit der Faust-Ouvertüre.

So dankbar man der Schicksalsgöttin sein muß, daß sie Wagner die harte Not schuf, die ihn zwang, seinem „gepreßten Herzen Luft zu machen" mit der Faust-Ouvertüre, so gram muß man dieser „Welten-Werdens-Walterin" auch wiederum sein, daß sie ihr Werk zu jener Zeit, als die Faust-Komposition entstand, nur halb tat; denn Wagner schreibt (an Liszt): „Damals wollte ich eine ganze Faustsymphonie schreiben: der erste Teil (der fertige) war ‚Der einsame Faust' in seinem Sehnen, Verzweifeln und Verfluchen: das ‚Weibliche' schwebte ihm nur als Gebild seiner Sehnsucht, nicht aber in seiner göttlichen Wirklichkeit vor: und dies ungenügende Bild seiner Sehnsucht ist es eben, was er verzweiflungsvoll zerschlägt. Erst der zweite Satz sollte Gretchen — das Weib — vorführen." Und in der „Mitteilung an meine Freunde" heißt es: „Aus meinem tief unbefriedigten Inneren stemmte ich mich (in Paris im Winterhalbjahr 1839 zu 1840) gegen die widerliche Rückwirkung einer äußerlichen künstlerischen Tätigkeit, durch den schnellen Entwurf und die ebenso rasche Ausführung eines Orchesterstückes, das ich ‚Ouvertüre zu Goethes Faust' nannte, das eigentlich aber nur den ersten Satz einer großen Faustsymphonie bilden sollte. Mit der Faust-Ouvertüre hatte ich es rein musikalisch versucht, meinem gepreßten Herzen Luft zu machen." Und wiederum in einem Briefe an Liszt heißt es: „Lächerlicherweise überfiel mich gerade jetzt eine völlige Lust, meine alte Faust-Ouvertüre noch einmal neu zu bearbeiten: ich hab' eine ganz neue Partitur geschrieben; die Instrumentation durchgehends neu gearbeitet, manches ganz geändert, auch in der Mitte etwas mehr Ausdehnung und Bedeutung (zweite Motiv) gegeben. — Mir ist die Komposition interessant nur der Zeit willen, aus der sie stammt; jetzt nahm mich die Umarbeitung wieder für sie ein, und in bezug auf die letztere bin ich so kindisch, Dich zu bitten, sie einmal recht genau mit der ersten Abfassung zu vergleichen, weil es mich reizt, in dieser Kundgebung meiner Erfahrung und meines gewonnenen feineren Gefühles mich Dir mitzuteilen; mir ist als ob man an dergleichen Umarbeitungen am deutlichsten sehen könnte, wes Geistes Kind man geworden ist, und welche Roheiten man von sich abgestreift hat. Der Mittelsatz wird Dir jetzt besser gefallen: natürlich konnte ich kein neues Motiv einführen, weil ich dann fast alles hätte neu machen müssen; ich konnte hier nur, gleichsam in weiter Kadenzform, die Stimmung etwas breiter entwickeln. Von Gretchen kann natürlich nicht die Rede sein, vielmehr immer nur von Faust selbst: ‚ein unbegreiflich holder Drang trieb mich durch Wald und Wiesen hin'" usw.

Im nachfolgenden sind nun jene Partien der Faust-Ouvertüre wiedergegeben, welche einer Umarbeitung unterzogen worden; die vielen Änderungen oder besser Verfeinerungen der Instrumentation bleiben hierbei unberücksichtigt, da müßte man einfach die ganze erste Fassung drucken, und das ist hier nicht die Absicht. Gleich der Anfang der Ouvertüre ist in der ersten Fassung anders, nämlich:

Der Paukenwirbel ist natürlich dabei.

Die zweite, sehr bedeutsame Umgestaltung („ich konnte hier nur, gleichsam in weiter Kadenzform, die Stimmung etwas breiter entwickeln") betrifft die Stelle Seite 12 der hier vorliegenden Partitur; nach Takt 16 dieser Seite hieß es in der ersten Fassung wie folgt:

Mit dem letzten Takte sind wir beim *a tempo* der Seite 14 angelangt; — sehr interessant ist auch die erste Fassung der Stelle Seite 20 vom 2. Takt ab: („und dies ungenügende Bild seiner Sehnsucht ist es eben, was er verzweiflungsvoll zerschlägt"). — Dieser Satz bezieht sich wohl auf das hier Folgende:

An den Takt General-Pause (NB. ohne 𝄐) schloß sich in der ersten Fassung der Takt 5 und folgende, Seite 21 an. — Nun schlage man Seite 28 auf, die Stelle, die mit „Wild" bezeichnet ist, und staune, wie man mit wenigen Takten ungeheure Perspektiven erzielen kann, (wenn „man" ein Richard Wagner ist!). In der ersten Fassung sind die Takte 1—18 (von „Wild" ab gezählt) genau so wie in der Neubearbeitung, nach dem 18. Takt kommt sogleich der hier folgende Takt (als 19.):

und dieser Kadenz schloß sich sogleich Takt 6 der Seite 31 an, dann ging es weiter wie in der 2. Fassung des Werkes. — Und nun kommt der Schluß der Ouvertüre; hier dokumentiert sich in deutlichster Weise der ursprüngliche Plan: das „Orchesterstück, das ich ‚Ouvertüre zu Goethes Faust' nannte, das eigentlich aber nur den ersten Satz einer großen Faustsymphonie bilden sollte". — Man vergleiche das hier Folgende mit dem Abschluß der Neubearbeitung, und jeder wird sich sagen, daß die erste Fassung keinen Schluß hat, sondern daß absolut noch ein Teil oder mehrere folgen mußten. — Die Violinen I spielen das Motiv der Sehnsucht genau so wie es Seite 41 Takt 5 bis 9 steht, aber das 1. Fagott setzt nicht mit dem *Cis* der Violinen ein, sondern das Orchester schweigt während der ¾ Pausen, die dem ¼ *Cis* der Violinen folgen, und es reiht sich diesem Takt noch ein Takt Generalpause an, und diesem Takt schließt sich schroff und trotzig der Schlußakkord der alten Fassung an.

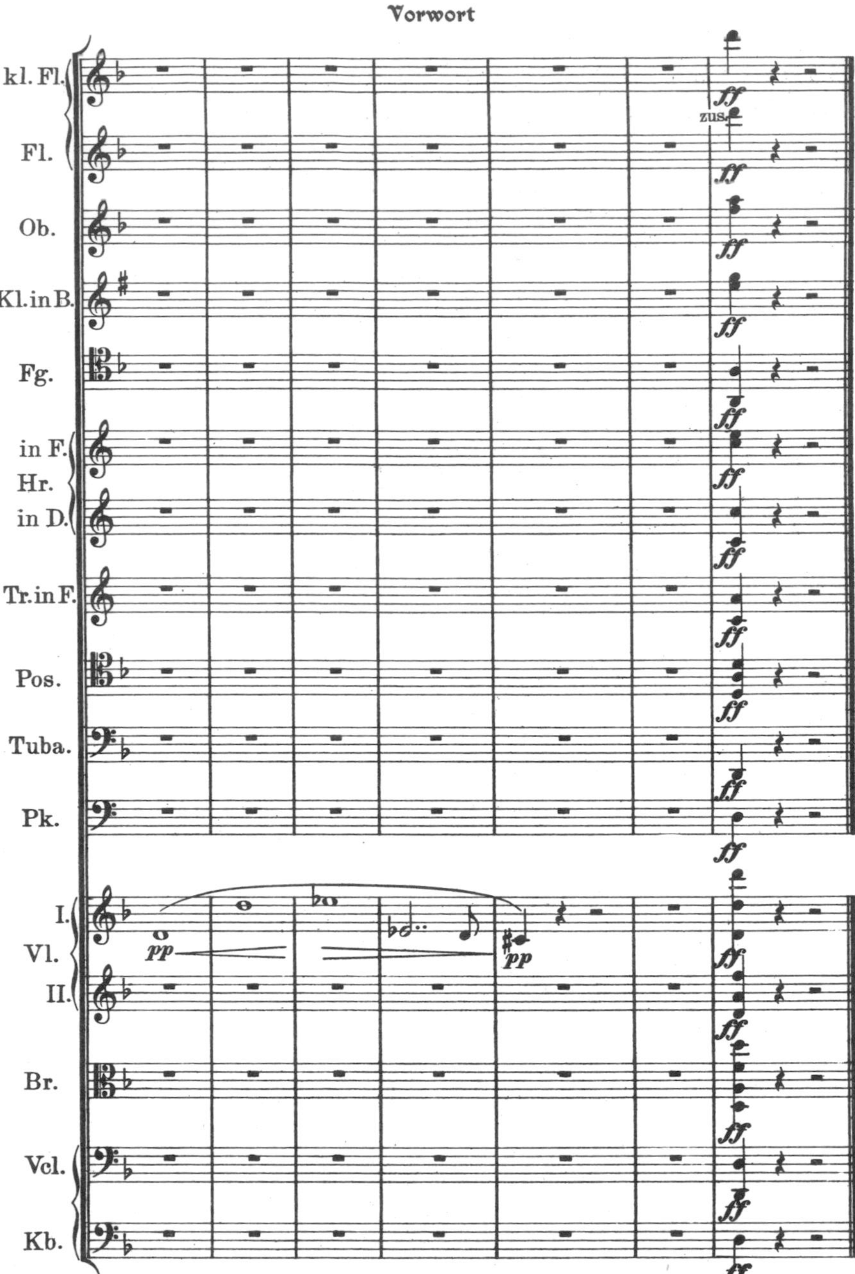

Der Vollständigkeit halber sei noch hinzugefügt, daß auf dem Umschlag der Original-Partitur (erste Fassung) folgender Titel steht:

Der einsame Faust (oder Faust in der Einsamkeit)
ein Tongedicht für das Orchester
von
Richard Wagner
(Paris, im Jahre 1840),

und über der ersten Partitur-Seite steht:

Ouvertüre
zu
Goethes Faust erster Teil.

Die Zeit der Entstehung des Huldigungsmarsches zeigt uns Wagner bereits auf dem Höhepunkt seines Schaffens; die „neue Welt“ in die er mit der Faustouvertüre eintrat, liegt bereits ganz um ihn ausgebreitet. — Lohengrin, Tannhäuser, die Ring-Dichtung und die Komposition des Rheingold und der Walküre, sowie Tristan sind bereits geschaffen, die Meistersinger-Dichtung ist fertig, die Komposition begonnen, und auch schon die erste Skizze zur Parsifal-Dichtung ist niedergeschrieben. Wagner ist in München, die Freundschaft mit dem jugendlichen König Ludwig II. steht in ihrer schönsten Blüte. Der Huldigungsmarsch ist ein bleibendes Zeichen jener Freundschaft. Der äußere Anlaß zur Entstehung des Werkes war der Geburtstag des Königs im Jahre 1864; an diesem Tage sollte er zuerst erklingen. Aber es kam nicht dazu (wie es zu vielem anderen in München nicht kam); erst am 5. Oktober wurde er abends von den vereinigten Infanteriekapellen, die dem König ein Ständchen brachten, gespielt. Eine Münchener Zeitung berichtet darüber folgendes: „Von den vereinigten Musikkorps wurde die von Wagner eigens hierzu komponierte Serenade (gemeint ist der Huldigungsmarsch), dann einige Stücke aus Lohengrin und Tannhäuser mit größter Präzision ausgeführt. Der Musikmeister des Infanterie-Leibregiments, Herr Siebenkäs dirigierte; die Proben hatte Wagner selbst geleitet.“ —

Die bei Schott's Söhne zuerst erschienene Partitur für Militärorchester weist erhebliche Abweichungen von der Original-Partitur (Wahnfried-Archiv, Bayreuth) und vom Widmungs-Exemplar [von Wagner eigenhändige, sehr schön ausgeführte Abschrift im Nachlaß des Königs befindlich] auf; ob dieselben von Siebenkäs oder, wie Hans Richter und Dr. Strecker (Mainz) glauben, vom Musikmeister Hünn herrühren, läßt sich nicht mehr feststellen, da beide Herren „längst schon tod“ sind, daß sie aber mit Wagners Einwilligung vorgenommen wurden, ist wohl zweifellos. Zunächst ist die Besetzung in der Schottschen Partitur zum Teil eine andere, wie die der beiden Manuskript-Partituren, und zwar stehen dort: 2 große Flöten in *Des*, 2 Tenorhörner in *B*, 2 Althörner in *Es* und Tenorhorn III in *B*, die Baßtrompeten fehlen (sie werden durch die Tenorhörner ersetzt). In allen übrigen Instrumenten stimmen die Partituren überein. Daß die Schottsche Partitur vom Druckfehlerteufel arg heimgesucht wurde, muß hier leider festgestellt werden, denn wie wäre es sonst erklärlich, daß für die 2 Tenorhörner drei- und vierstimmige Akkorde, für die 2 Althörner dreistimmige und für Tenorhorn III zweistimmige zu spielen vorgeschrieben stehen? Es muß heißen 4 Tenorhörner (an Stelle der 4 Baßtrompeten), 3 Althörner und 2 Tenorhörner III. Im folgenden sind die Abweichungen im Notentext der 3 Partituren wiedergegeben.

(Die Seiten und Takt-Zahlen beziehen sich auf die vorliegende Partitur):

Seite	Takt	
1	6	In der Orig.-Part. steht für die Trompeten in *B* hoch nur die erste Stimme, die zweite tritt erst auf Seite 2 Takt 2 hinzu, beim *forte*.
3	10—12	Die eingeklammerten Noten in den Tenorhörnern fehlen in der Schottschen Partitur; neun Takte vorher, bei derselben Stelle, stehen sie auch in der Schottschen Partitur.
6—7	1 u. folg.	die eingeklammerten Noten stehen so in der Münchner Partitur, in der Schottschen fehlen sie, in der Original-Partitur stehen sie auch, aber mit folgenden kleinen Abweichungen:
6	3	heißt:  Die Takte 5 und 6 heißen: 

Seite	Takt	
6	8—9	heißen: 
7	1—3	heißen: 
10	7—8	die klein gedruckte Note im 3. Althorn steht nicht in der Original-Partitur, aber in den beiden anderen steht sie.
10 11	9 1—3	die Solostelle im 3. Althorn steht so in der Münchener und der Schottschen Partitur, in der Bayreuther hingegen steht sie bei den Tenorhörnern, aber auch als Solo. —
12	2—5	die klein gedruckten Noten für die 3. und 4. Baßtrompete stehen in der Münchener Partitur und in der Schottschen (in letzterer für Tenorhorn 1 und 2), in der Original-Partitur fehlen sie.
12	3—5	die eingeklammerten Takte im Flügel-Horn III stehen ebenfalls in der Münchener Partitur, in der Schottschen sind sie dem 1. und 2. Flügel-Horn gegeben, in der Bayr. Partitur fehlen sie.

„.... und selbst das großartige Vertrauen, welches Wagner dem deutschen Geiste auch in seinen politischen Zielen geschenkt hat, scheint mir darin seinen Ursprung zu haben, daß er dem Volke der Reformation jene Kraft, Milde und Tapferkeit zutraut, welche nötig ist, um ‚das Meer der Revolution in das Bette des ruhigfließenden Stromes der Menschheit einzudämmen'... und fast möchte ich meinen, daß er dies und nichts anderes durch die Symbolik seines Kaisermarsches ausdrücken wollte". — So sagt Nietzsche in Richard Wagner in Bayreuth.

Die Zeit der Entstehung des Kaisermarsches war die große Zeit, in der das neue Deutsche Reich entstand! und diese große Zeit konnte Wagner nicht anders als mit tief innerlichster Anteilnahme erleben; — und so trieb es ihn als Künstler diese große Tat mit einer — „Gelegenheits-Komposition" zu verherrlichen! aber er fand damit wenig Anklang. Man bedenke: ein Richard Wagner fragt an, ob man ihm gestatten wolle, ein entsprechendes Tonstück zu einer Totenfeier für die Gefallenen, bei Rückkehr der siegreichen Heere, auszuführen? — man lehnt es dankend ab; er schlägt ein anderes Musikstück vor, „das den Einzug der Truppen begleiten, und in welches, etwa beim Defilieren vor dem siegreichen Monarchen, die im preußischen Heere so gut gepflegten Sängerkorps mit einem volkstümlichen Gesang einfallen sollten" — man lehnt es dankend ab! — aber der Kaisermarsch entstand trotzdem, und das deutsche Volk war wieder um eine „Gelegenheit" gebracht, sich eins zu fühlen mit einem seiner größten Genies! — Bald nachdem der Kaisermarsch das Licht der Welt erblickt, wurde die Siegfried-Partitur vollendet, und einige Monate vorher entstand die Perle aller „Gelegenheits-Kompositionen", das Siegfried-Idyll! (Auch Triebschener Idyll und Treppenmusik genannt.) Ja, es war eine große Zeit für die Deutschen damals, als auf französischem Boden das Reich geschmiedet wurde, und es war die glücklichste Zeit im Leben Richard Wagners damals, als er auf Schweizer Boden, an den herrlichen Ufern des Vierwaldstätter Sees sein Triebschener Idyll schuf, jene „Gelegenheits-Komposition" eigenster-zartester Angelegenheiten, die neben ihrem künstlerischen Wert auch noch die recht bedeutende Eigenschaft besitzt, uns ein Fingerzeig zu sein für die richtige Schätzung und Bedeutung der inneren Welt eines Genies und seiner epochemachenden Werke.

An rein sachlichen Bemerkungen zu dieser Ausgabe der beiden Partituren ist nur wenig zu melden.

In der Original-Partitur des Kaisermarsches heißt der letzte Takt von Seite 18 respektive der 1. Takt Seite 19 (dieser Partitur) für die 1. Trompete so: *cresc.* *f*.

Die Original-Partitur zum Siegfried-Idyll, die Hans Richter von Wagner zum Andenken an jene glücklichen Triebschener Tage als Geschenk erhielt (im Wahnfried-Archiv ist nur eine wundervoll ausgeführte eigenhändige Abschrift Wagners als Geburtstagsgeschenk für Frau Cosima Wagner zum 25. Dezember 1870), weist einen Fehler nach, der sich sowohl in der erwähnten Abschrift als auch in der bei Schott erschienenen Partitur befindet. — Hans Richter machte mich an Hand der Original-Partitur auf diesen Fehler aufmerksam, mit der Bemerkung: „Auf der Treppe in Triebschen wurde *D* gespielt, ich habe die Orchesterstimmen selber herausgeschrieben.“ Es handelt sich um den Takt 4 in der zweiten Zeile Seite 18 unserer Partitur, wo für die Celli stehen muß, nicht .

Zum Schluß noch ein Wort über den Großen Festmarsch. Dieses Werk, das den Hauptwerken Wagners nicht beigezählt werden kann, verdankt seine Entstehung einer Bestellung von seiten des amerikanischen Festkomitees zur 100jährigen Feier, das sagt alles. — Es ist das einzige Werk wohl, das auf solche Weise entstand. Daß die Bestellung angenommen wurde, ist nicht weiter verwunderlich, denn die finanziellen Sorgen für die ersten Bayreuther Festspiele fingen damals schon an sehr drückend zu werden. Wie Wagner selbst über diesen Festmarsch dachte, ist durch manche humorvolle Bemerkung Freunden gegenüber bekannt: „das beste an dem Marsche sei — das Geld, welches er dafür empfing“ — ist eine solche Bemerkung. Einige Kleinigkeiten hinsichtlich der Neuausgabe der Partitur seien noch vermerkt, Seite 4 steht auf dem letzten Viertel des 3. Taktes in der 2. Flöte: 3 in Anbetracht des starken Blechs und der massigen Streicher, und in dem Glauben, daß diese Triole gehört werden soll, hat sich der Herausgeber erlaubt, dieselbe auch in die 1. Hoboe, 1. Klarinette, die 2. Geigen zu legen.

Im darauf folgenden Takt steht in den 2. Geigen auf dem letzten Viertel folgender Akkord in der Original-Partitur: aus leicht begreiflichen Gründen wurde der Akkord vom Herausgeber so, wie er in dieser Partitur steht, gesetzt, aus denselben Gründen (besserer Klang und leichter spielbar) wurde der Akkord auf dem 3. Viertel Takt 7, Seite 31 in der 2. Geige: dahin geändert, wie er dort steht. — Seite 5 Takt 3; die Vorschlagsnoten zum 3. Viertel in der 3. Hoboe und 3. Klarinette und 4 Takte später in der 2. Violine sind ebenfalls vom Herausgeber, aus Gründen der Deutlichkeit, hinzugefügt. Der Titel dieser wirklich echten „Gelegenheits-Komposition“ lautet auf der Original-Partitur: Großer Festmarsch zur Eröffnung der 100jährigen Gedenkfeier der Nordamerikanischen Unabhängigkeit.

Partenkirchen, im September 1917,

Michael Balling.

Inhalt

Orchesterwerke I

Eine Faust-Ouvertüre

für Orchester

von

Richard Wagner

„Der Gott, der mir im Busen wohnt,
Kann tief mein Innerstes erregen;
Der über allen meinen Kräften thront,
Er kann nach außen nichts bewegen;
Und so ist mir das Dasein eine Last,
Der Tod erwünscht, das Leben mir verhaßt.“

Komponiert 1840, neu bearbeitet 1855.

Stich und Druck von Breitkopf & Härtel in Leipzig.

1
Fl.
Hob.
Klar. B.
Fag.
Pk.
Vl.I.
Vl.II.
Br.
Vcl.
K.-B.
zus.
pp
p
sehr ausdrucksvoll
pizz.
1
sehr ausdrucksvoll
f
cresc.
dim.
1.2.H.F.
più p
arco
pp

2
zus.
Fl.
zus.
Hob.
zus.
Klar. B.
Fag.
Pk.
Vl.I.
Vl.II.
Br.
geteilt
Vcl.
K.-B.
cresc.
3
weich
poco cresc.
F.
Hr.
D.

Fl.
cresc.
Hob.
Klar. B.
Fag.
F.
Hr.
D.
Tr. F.
Vl. I.
Vl. II.
Br.
Vcl.
dim.
K.-B.
ausdrucksvoll
più p
pizz.
arco
molto cresc.

4 Sehr bewegt.

Kl. Fl.
Fl.
Hob.
Klar. B.
Fag.
F. Hr. D.
Tr. F.
Pk.
Vl. I.
Vl. II.
Br.
Vcl.
K.-B.

f *p* *pp* ausdrucksvoll arco

4 Sehr bewegt.

Hob.
Klar. B.
Fag.
1.2. Hr. F.
Pk.
Vl. I.
Vl. II.
Br.
Vcl.
K.-B.

p cresc. poco cresc. *pp*

5
zus.
Fl.
Hob.
Klar. B.
Fag.
F.
Hr.
D.
Tr. F.
B.-Tuba.
Pk.
Vl. I.
Vl. II.
Br.
Vcl.
K.-B.
f
mf
più f
ff
p
cresc.
1. 2.
1. 2. Hr. F.

6
Kl.Fl.
Fl.
Hob.
Klar. B.
Fag.
F.
Hr.
D.
Tr. F.
B.-Tuba.
Pk.
Vl.I.
Vl.II.
Br.
Vcl.
K.-B.
zus.
p cresc.
più cresc.
più f
molto cresc.
ff
f

Kl.Fl.
zus.
Fl.
ff
zus.
Hob.
ff
Klar. B.
ff
Fag.
ff
ff
F.
Hr.
D.
ff
ff
Tr. F.
f
B.-Tuba.
Pk.
f
Vl.I.
ff
ff
ff
Vl.II.
ff
ff
ff
Br.
ff
ff
ff
Vcl.
f
ff
ff
K.-B.
f
ff

Kl.Fl.
Fl.
zus.
ff
Hob.
Klar. B.
Fag.
F.
Hr.
D.
Tr. F.
f
B.-Tuba.
Pk.
Vl.I.
Vl.II.
Br.
Vcl.
K.-B.

7
zus.
Fl.
Hob.
p
cresc.
f dim.
ausdrucksvoll
f
dim.
Klar. B.
Fag.
pp
mf
più p
F.
Hr.
D.
Tr. F.
B.-Tuba.
Pk.
Vl.I.
Vl.II.
Br.
Vcl.
K.-B.
dim.
8
1.
R. W. XVIII.

Fl.
Hob.
Klar. B.
Fag.
Hr. F.
Pk.
Vl. I.
Vl. II.
Br.
Vcl.
K.-B.

1. p
1. p
pp
1. 2. p
1. p
pp
p
più p
pp
p poco cresc.
poco cresc.
pp
pp

9

Hob.
Klar. B.
Fag.
F. Hr. D.
Pk.
Vl. I.
Vl. II.
Br.
Vcl.
K.-B.

1.
zus. p cresc.
zus. p cresc.
p cresc.
1. gestopft p
4. p
zus. p cresc.
zus.
pp
p
cresc.
molto cresc.
cresc.
cresc.
p cresc.
p cresc.
p
cresc.

Fl.
Hob.
Klar. B.
Fag.
F.
Hr.
D.
Vl. I.
Vl. II.
Br.
Vcl.
K.-B.
zus.
1.
zart
cresc.
dim.
3.
10

Sehr allmählich das Tempo etwas zurückhalten.

Sehr allmählich das Tempo etwas zurückhalten.

Klar. B.
Fag.
Hr. F.
Vl. I.
Vl. II.
Br.
Vcl.
K.-B.

pp
dim.
più p
geteilt
cresc.
f
(alle Vcelle.)
3. u. 4. Vcl.

11 a tempo
Fl.
Hob.
Klar. B.
Fag.
1.2. H. F.
Vl. I.
Vl. II.
Br.
Vcl.
K.-B.
p dolce
p dol.
pizz.
pp
11 a tempo
F.
Hr.
D.
poco cresc.
arco
p

12
Fl.
Hob.
Klar. B.
Fag.
F.
Hr.
D.
Vl. I.
Vl. II.
Br.
Vcl.
K.-B.
poco cresc.
cresc.
poco cresc.
p cresc.
12
1.
3.
4.
sf
mf
f
p
cresc.
f

13
Fl.
Hob.
Klar. B.
Fag.
F.
Hr.
D.
Vl.I.
Vl.II.
Br.
Vcl.
K.-B.
zus.
mf marc.
cresc.
sf
p
p cresc.
piu f
ff
f

Kl.Fl.
Fl.
zus.
f
più f
Hob.
Klar. B.
Fag.
F.
Hr.
D.
Tr. F.
Pos.
B.-Tuba.
Pk.
Vl.I.
ff
Vl.II.
Br.
Vcl.
K.-B.

Kl.Fl.
zus.
Fl.
più f
Hob.
Klar.B.
Fag.
F.
Hr.
D.
Tr. F.
Pos.
B.-Tuba.
Pk.
Vl.I.
Vl.II.
Br.
Vcl.
K.-B.

14
Kl. Fl.
Fl.
Hob.
Klar. B.
Fag.
F.
Hr.
D.
Tr. F.
Pos.
B.-Tuba.
Pk.
Vl. I.
Vl. II.
Br.
Vcl.
K.-B.
zus.
ff
più f
p
cresc.
f
14

Kl.Fl.
Fl.
zus.
Hob.
Klar. B.
Fag.
F.
Hr.
D.
Tr. F.
Pos.
B.-Tuba.
più f
Pk.
Vl.I.
Vl.II.
Br.
Vcl.
K.-B.

15
Fl.
Hob.
Klar. B.
Fag.
zus.
dim.
F.
Hr.
D.
B.-Tuba.
Vl.I.
Vl.II.
Br.
Vel. u. K.-B.
pizz.
arco
piu p
pp
15

16
Fl.
Hob.
Klar. B
Fag.
zus.
espress.
F.
Hr.
D.
Tr. F.
Pk.
Vl. I.
Vl. II.
pizz.
Br.
arco
Vcl.
K.-B.
16
1.2.

Kl. Fl.
Fl.
Hob.
Klar. B.
Fag.
Hr. D.
Tr. F.
Vl. I.
Vl. II.
Br.
Vcl.
17
Hr.
geteilt
arco
zus.
cresc.
17

Kl Fl
Fl.
Hob.
Klar. B.
Fag.
F.
Hr.
D.
Tr. F.
Pos.
B.-Tuba.
Pk.
Vl.I.
Vl.II.
Br.
Vcl.
K. B.
zus.
scen
do
cre
p

18
Kl. Fl.
Fl.
Hob.
Klar. B.
Fag.
F.
Hr.
D.
Tr. F.
Pos.
B.-Tuba.
Pk.
Vl. I.
Vl. II.
Br.
Vcl.
K.-B.
2.
1.
3.
zus.
più cresc.
cresc.
poco cresc.
poco a poco cresc.
molto
p
f
fp
18

Kl. Fl.
Fl.
zus.
Hob.
zus.
Klar. B.
zus.
Fag.
zus.
F.
Hr.
zus.
D.
Tr. F.
Pos.
B.-Tuba.
Pk.
Vl. I.
Vl. II.
Br.
Vcl.
K.-B.

Kl. Fl.
Fl.
Hob.
Klar. B.
Fag.
F.
Hr.
D.
Tr. F.
Pos.
B.-Tuba.
Pk.
Vl. I.
Vl. II.
Br.
Vcl.
K.-B.
tr
più f
ff
ff sempre

Wild.
19
Kl. Fl.
Fl.
Hob.
Klar. B.
Fag.
F.
Hr.
D.
Tr. F.
Pos.
B.-Tuba.
Pk.
Vl. I.
Vl. II.
Br.
Vcl.
K.-B.
zus.
ff
fff
19 Wild.

Kl. Fl.
zus.
Fl.
Hob.
Klar. B.
Fag.
F.
Hr.
D.
zus.
Tr. F.
zus.
Pos.
B.-Tuba.
Pk.
Vl. I.
Vl. II.
Br.
Vcl.
K.-B.

Kl. Fl.
Fl.
Hob.
Klar. B.
Fag.
F.
Hr.
D.
Tr. F.
Pos.
B.-Tuba.
Pk.
Vl. I.
Vl. II.
Br.
Vcl.
K.-B.
zus.
ff
f
immer ff

Kl. Fl.
Fl.
zus.
Hob.
Klar. B.
Fag.
F.
Hr.
D.
Tr. F.
Pos.
B.-Tuba.
Pk.
Vl. I.
Vl. II.
Br.
Vcl.
K.-B.
ff

Kl. Fl.
zus.
Fl.
Hob.
Klar. B.
zus.
Fag.
F.
Hr.
D.
Tr. F.
Pos.
B.-Tuba.
Pk.
Vl. I.
Vl. II.
Br.
Vcl.
K.-B.

20
Kl. Fl.
Fl.
zus.
p espress.
cresc.
f
dim.
Hob.
p
cresc.
Klar B.
Fag.
p cresc.
F.
Hr.
D.
Tr. F.
1.
Pos.
B.-Tuba.
Pk.
pp
Vl. I.
Vl. II.
Br.
Vcl.
fp
K.-B.
20

Kl. Fl.
Fl.
Hob.
Klar. B.
Fag.
F. Hr. D
Tr. F.
Pos.
B.-Tuba.
Pk.
Vl. I.
Vl. II.
Br.
Vcl.
K.-B.
zus.
p espress.
più f
p cresc.
ff

21
Kl. Fl.
Fl.
zus.
cresc.
più f
ff
p
cre
Hob.
Klar. B.
Fag.
F.
Hr.
D.
3.
Tr. F.
f
Pos.
B.-Tuba.
Pk.
Vl. I.
molto cresc.
Vl. II.
Br.
Vcl.
K.-B.
21

Kl. Fl.
Fl.
Hob.
Klar. B.
Fag.
F.
Hr.
D.
Tr. F.
Pos.
B.-Tuba.
Pk.
Vl. I.
Vl. II.
Br.
Vcl.
K.-B.
zus.
scen
do
al
ff
f
p
cresc.
1.

22
Kl. Fl.
Fl.
Hob.
Klar. B.
Fag.
F.
Hr.
D.
Tr. F.
Pos.
B.-Tuba.
Pk.
Vl. I.
Vl. II.
Br.
Vcl.
K.-B.
sehr ausdrucksvoll
zus.
p
cre
scen
do
1.
p cresc.
cresc.
stacc.
mf
22

Kl. Fl.
Fl.
Hob.
Klar. B.
Fag.
F.
Hr.
D.
Tr. F.
Pos.
B.-Tuba.
Pk.
Vl. I.
Vl. II.
Br.
Vcl.
K.-B.
zus.
1.
f
dim.
p

23
Fl.
Hob.
Klar. B.
Fag.
1.2.H.F.
Vl. I.
Vl. II.
Br.
Vcl.
K.-B.
p
più p
23
Fl.
Hob.
Klar. B.
Fag.
Vl. I.
Vl. II.
Br.
Vcl.
K.-B.

riten.
a tempo
sehr ausdrucksvoll
Fl.
pp
p
sehr ausdrucksvoll
Hob.
pp
p
Klar. B.
pp
Fag.
pp
cresc.
ff
dim.
F.
Hr.
D.
Tr. F.
Pos.
B.-Tuba.
Pk.
Vl. I.
Vl. II.
Br.
Vcl.
K.-B
riten.
a tempo

24
25
Fl.
Hob.
Klar. B.
Fag.
F.
Hr.
D.
Tr. F.
Pos.
B.-Tuba.
Pk.
Vl. I.
Vl. II.
Br.
Vcl.
K.-B.
1. Solo
p
più p
pp
25
24

poco rall.
riten.
Fl.
Hob.
Klar. B.
Fag.
F.
Hr.
D.
Tr. F.
Pos.
B.-Tuba.
Pk.
Vl. I.
Vl. II.
Br.
Vcl.
K.-B.
pp
più p
pizz.
p
poco rall.
riten.

Huldigungsmarsch

Zum 19. Geburtstage Seiner Majestät des Königs Ludwig II.

von

Richard Wagner

Komponiert 1864.

Anmerkung. Wo keine besonderen Angaben über die Zahl der Spieler in der Partitur stehen, spielen immer alle.

Kl. Fl. Des.
Gr. Fl. Des.
Klar. As.
Klar. Es.
Klar. B.
B.-Klar. B.
Fag.
F.
Hr.
Es.
B. h.
F.
Tr.
F.
Es.
B.-Tr. B.
Fl.-Hr. B.
A.-Hr. B.
T.-Hr. F.
Pos.
Bar.
B.-Tuba.
Pk.
Trgl.
Kl. Tr.
Gr. Tr. u. Bck.
p cresc.
cresc.
zus.

Von hier an etwas lebhafter.

Von hier an etwas lebhafter.

Kl.Fl.Des.
Gr.Fl.Des.
Klar. As.
Klar. Es.
Klar. B.
B.-Klar. B.
Fag.
F.
Hr.
Es.
B.h.
F.
Tr.
F.
Es.
B.-Tr. B.
Fl.-Hr. B.
A.-Hr. B.
T.-Hr. F.
Pos.
Bar.
B.-Tuba.
Pk.
Trgl.
Kl. Tr.
Gr. Tr. u. Bck.
ff
cresc.
p cresc.
1.2.
3.
sempre ff
sempre più f
f

Kl.Fl.Des.
Gr.Fl.Des.
Klar. As.
Klar. Es.
Klar. B.
B.-Klar.B.
Fag.
F.
Hr.
Es.
B. h.
F.
Tr.
F.
Es.
B.-Tr. B.
1.2.
Fl.-Hr. B.
A.-Hr. B.
T.-Hr. F.
Pos.
Bar.
B.-Tuba.
Pk.
Trgl.
Kl. Tr.
Gr. Tr. u. Bck.
tr
f
sfz

Kl.Fl.Des.
Gr.Fl.Des.
Klar. As.
Klar. Es.
Klar. B.
B.-Klar. B.
Fag.
F.
Hr.
Es.
B.h.
F.
Tr.
F.
Es.
B.-Tr. B.
Fl.-Hr. B.
A.-Hr. B.
T.-Hr. F.
Pos.
Bar.
B.-Tuba.
Pk.
Trgl.
Kl.Tr.
Gr. Tr. u. Bck.
p
dolce
p dolce
tr
1.
1.2.
2. 3.
3.
nur 3 kl. Trommeln

Kl.Fl.Des.
Gr.Fl.Des.
Klar. As.
Klar. Es.
Klar. B.
B.-Klar.B.
Fag.
Hr.
F.
Es.
B.h.
Tr.
F.
F.
Es.
B.-Tr. B.
Fl.-Hr. B.
A.-Hr. B.
T.-Hr. F.
Pos.
Bar.
B.-Tuba.
Pk.
Trgl.
Kl. Tr.
Gr. Tr. u. Bck.
cresc.
p dolce

Kl.Fl.Des.
Gr.Fl.Des.
Klar. As.
Klar. Es.
Klar. B.
B.-Klar. B.
Fag.
F.
Hr.
Es.
B. h.
F.
Tr.
F.
Es.
B.-Tr. B.
Fl.-Hr. B.
A.-Hr. B.
T.-Hr. F.
Pos.
Bar.
B.-Tuba.
Pk.
Trgl.
Kl. Tr.
Gr. Tr.
u. Bck.
poco a poco cresc.
p sempre cresc.
marc.
molto cresc.
più f
cresc.

Kl.Fl.Des.
Gr.Fl.Des.
Klar. As.
Klar. Es.
Klar. B.
B.-Klar.B.
Fag.
F.
Hr.
Es.
B.h.
F.
Tr.
F.
Es.
B.-Tr. B.
Fl.-Hr. B.
A.-Hr. B.
T.-Hr. F.
Pos.
Bar.
B.-Tuba.
Pk.
Trgl.
Kl. Tr.
Gr. Tr. u. Bck.
f
più f
ff
f sempre
tr
2.
2. 3.
6

Kl. Fl. Des.
Gr. Fl. Des.
Klar. As.
Klar. Es.
Klar. B.
B.-Klar. B.
Fag.
F.
Hr.
Es.
B. h.
F.
Tr.
F.
Es.
B.-Tr. B.
Fl.-Hr. B.
A.-Hr. B.
T.-Hr. F.
Pos.
Bar.
B.-Tuba.
Pk.
Trgl.
Kl. Tr.
Gr. Tr. u. Bck.
ff
dim.
p
Solo
p dolce
1. 2.
Soli
3. Solo

Kl.Fl.Des.
Gr.Fl.Des.
Klar. As.
Klar. Es.
Klar. B.
B.-Klar.B.
Fag.
F.
Hr.
Es.
B.h.
F.
Tr.
F.
Es.
B.-Tr. B.
Fl.-Hr. B.
A.-Hr. B.
T.-Hr. F.
Pos.
Bar.
B.-Tuba.
Pk.
Trgl.
Kl. Tr.
Gr. Tr. u. Bck.
Solo
Soli
p dolce
dim.
2. Solo
1. Solo
3. Solo
1. 2.
3.
nur 1
dolce

Kl. Fl. Des.
Gr. Fl. Des.
Klar. As.
Klar. Es.
Klar. B.
B.-Klar. B.
Fag.
F.
Hr.
Es.
B. h.
F.
Tr.
F.
Es.
B.-Tr. B.
Fl.-Hr. B.
A.-Hr. B.
T.-Hr. F.
Pos.
Bar.
B.-Tuba.
Pk.
Trgl.
Kl. Tr.
Gr. Tr. u. Bck.

Kl. Fl. Des.
Gr. Fl. Des.
Klar. As.
Klar. Es.
Klar. B.
B.-Klar. B.
Fag.
F.
Hr.
Es.
B. h.
F.
Tr.
F.
Es.
B.-Tr. B.
Fl.-Hr. B.
A.-Hr. B.
T.-Hr. F.
Pos.
Bar.
B. Tuba.
Pk.
Trgl.
Kl. Tr.
Gr. Tr. u. Bck.
cresc.
più f
Alle
die Tambours treten anschwellend hinzu

Kl. Fl. Des.
Gr. Fl. Des.
Klar. As.
Klar. Es.
Klar. B.
B.-Klar. B.
Fag.
F.
Hr.
Es.
B. h.
F.
Tr.
F.
Es.
B.-Tr. B.
Fl.-Hr. B.
A.-Hr. B.
T.-Hr. F.
Pos.
Bar.
B.-Tuba.
Pk.
Trgl.
Kl. Tr.
Gr. Tr. u. Bck.
tr
ff
1. 2.
3.

Kl. Fl. Des.
Gr. Fl. Des.
Klar. As.
Klar. Es.
Klar. B.
B.-Klar. B.
Fag.
F.
Hr.
Es.
B. h.
F.
Tr.
F.
Es.
B.-Tr. B.
Fl.-Hr. B.
A.-Hr. B.
T.-Hr. F.
Pos.
Bar.
B.-Tuba.
Pk.
Trgl.
Kl. Tr.
Gr. Tr. u. Bck.
3 kl. Tr.
die Tambours pausieren von hier an

Kl. Fl. Des.
Gr. Fl. Des.
Klar. As.
Klar. Es.
Klar. B.
B.-Klar. B.
Fag.
F.
Hr.
Es.
B. h.
F.
Tr.
F.
Es.
B.-Tr. B.
1.
Fl.-Hr. B.
1. 2.
A.-Hr. B.
T.-Hr. F.
Pos.
Bar.
B.-Tuba.
Pk.
Trgl.
Kl. Tr.
Gr. Tr. u. Bck.

Kl. Fl. Des.
Gr. Fl. Des.
Klar. As.
Klar. Es.
Klar. B.
B.-Klar. B.
Fag.
Hr. F.
Es.
B.h.
Tr. F.
F.
Es.
B.-Tr. B.
Fl.-Hr. B.
A.-Hr. B.
T.-Hr. F.
Pos.
Bar.
B.-Tuba.
Pk.
Trgl.
Kl. Tr.
Gr. Tr. u. Bck.
cresc.
più f
ff
marc.
p cresc.
tr
1. 2.
2. 3.

Kl. Fl. Des.
Gr. Fl. Des.
Klar. As.
Klar. Es.
Klar. B.
sempre f
B.-Klar. B.
Fag.
F. Hr. Es.
B. h.
F. Tr. F.
Es.
B.-Tr. B.
Fl.-Hr. B.
A.-Hr. B.
T.-Hr. F.
Pos.
Bar.
B.-Tuba.
Pk.
Trgl.
Kl. Tr.
Gr. Tr. u. Bck.

Kl. Fl. Des.
Gr. Fl. Des.
Klar. As.
Klar. Es.
Klar. B.
B.-Klar. B.
Fag.
F. Hr. Es.
B. h.
F. Tr. F.
Es.
B.-Tr. B.
Fl.-Hr. B.
A.-Hr. B.
T.-Hr. F.
Pos.
Bar.
B.-Tuba.
Pk.
Trgl.
Kl. Tr.
Gr. Tr. u. Bck.
cresc.

poco rall.
Kl. Fl. Des.
Gr. Fl. Des.
Klar. As.
Klar. Es.
Klar. B.
B.-Klar. B.
Fag.
F.
Hr.
Es.
B. h.
F.
Tr.
F.
Es.
B.-Tr. B.
Fl.-Hr. B.
A.-Hr. B.
T.-Hr. F.
Pos.
Bar.
B.-Tuba.
Pk.
Trgl.
Kl. Tr.
Gr. Tr. u. Bck.
ff
espress.
dim.
poco rall.

a tempo
Kl.Fl.Des.
Gr.Fl.Des.
Klar. As.
Klar. Es.
Klar. B.
B.-Klar. B.
Fag.
F.
Hr.
Es.
B.h.
F.
Tr.
F.
Es.
B.-Tr. B.
Fl.-Hr. B.
A.-Hr. B.
T.-Hr. F.
Pos.
Bar.
B.-Tuba.
Pk.
Trgl.
Kl. Tr.
Gr. Tr. u. Bck.
ff dim.
p
ff
tr
a tempo

Kl. Fl. Des.
Gr. Fl. Des.
Klar. As.
Klar. Es.
Klar. B.
B.-Klar. B.
Fag.
Hr. F.
Es.
B. h.
Tr. F.
F.
Es.
B.-Tr. B.
Fl.-Hr. B.
A.-Hr. B.
T.-Hr. F.
Pos.
Bar.
B.-Tuba.
Pk.
Trgl.
Kl. Tr.
Gr. Tr. u. Bck.
fff mit allen Tambours

Kaisermarsch

von

Richard Wagner

Triebschen 15. März 1871.

Kl. Fl.
Fl
Ob
Klar B.
Fag
Hr F.
F. Tr. B.
Pos
B.-Tuba.
Pk.
Trgl
Bk.
M.-Tr.
Gr. Tr.
Vl. I.
Vl. II
Br
Vcl
K.-B.
a 2
ff
f
p
più f
cresc.
dim.
ff molto ten.

1
Kl.Fl.
Fl.
Ob.
Klar.B.
Fag.
Hr.F.
F.
Tr.
B.
Pos.
B.-Tuba.
Pk.
Trgl
Bk.
M.-Tr.
Gr. Tr.
Vl. I.
Vl. II.
Br.
Vcl.
K.-B.
zus.
dim.
cresc.
1

2
Kl. Fl.
Fl.
Ob.
Klar. B.
Fag.
Hr. F.
F. Tr. B.
Pos.
B.-Tuba.
Pk.
Trgl.
Bk.
M.-Tr.
Gr. Tr.
Vl. I.
Vl. II.
Br.
Vcl.
K.-B.
ff
schwer gehalten
p
cresc.
f
2

Kl. Fl.
Fl.
Ob.
Klar. B.
Fag.
Hr. F.
F.
Tr.
B.
Pos.
B.-Tuba.
Pk.
Trgl.
Bk.
M.-Tr.
Gr. Tr.
Vl. I.
Vl. II.
Br.
Vcl.
K.-B.
p
cresc.
zus.
p gut gehalten
p dolce
poco cresc.

3

Kl.Fl.

Fl.

Ob.

Klar.B.

Fag.

Hr.F.

F
Tr.
B.

Pos.

B-Tuba.

Pk.

Trgl.

Bk.

M-Tr.

Gr.Tr.

Vl.I.

Vl.II.

Br.

Vcl.

K-B.

più f · ff · p cresc. · molto cresc. · zus. · tr · f · p

3

4
Kl. Fl.
Fl.
zus.
Ob.
Klar. B.
Fag.
Hr. F.
F.
Tr.
B.
zus.
Pos.
1.
2.
3.
B.-Tuba.
Pk.
Trgl.
Bk.
M.-Tr.
Gr. Tr.
Vl. I.
Vl. II.
Br.
Vcl.
K.-B.
4

Kl. Fl.
Fl.
Ob.
Klar. B.
Fag.
Hr. F.
F.
Tr.
B.
Pos.
B.-Tuba.
Pk.
Trgl.
Bk.
M.-Tr.
Gr. Tr.
Vl. I.
Vl. II.
Br.
Vcl.
K.-B.

Kl.Fl.
Fl.
Ob.
Klar. B
Fag.
Hr. F.
F.
Tr. B.
B.
Pos.
B.-Tuba.
Pk.
Trgl.
Bk.
M.-Tr.
Gr.Tr.
Vl.I.
Vl.II.
Br.
Vcl.
K.-B.
5
cresc.
più f
ff

Kl. Fl.
Fl.
zus.
ff
Ob.
Klar. B.
Fag.
Hr. F.
F.
Tr. B.
B.
Pos.
B.-Tuba.
Pk.
tr
Trgl.
Bk.
M.-Tr.
Gr. Tr.
f
Vl. I.
Vl. II.
Br.
Vcl.
K.-B.

Kl. Fl.
Fl.
Ob.
Klar. B.
Fag.
Hr. F.
F.
Tr. B.
B.
Pos.
B.-Tuba.
Pk.
Trgl.
Bk.
M.-Tr
Gr. Tr.
Vl. I.
Vl. II.
Br.
Vcl.
K.-B.
dim.
p
in B
pizz.
tr

6
Kl. Fl.
Fl.
Ob.
p
poco cresc.
2.
dim.
Klar. B.
Fag.
F.
Hr.
B.
1
Tr.
2. 3.
1. 2.
Pos.
3.
B.-Tuba.
Pk.
Trgl.
Bk.
M.-Tr.
Gr. Tr.
arco
Vl. I.
Vl. II.
Br.
Vel.
K.-B.
6

7
8
Kl. Fl.
Fl.
Ob.
Klar. B.
Fag.
F. Hr. B.
in F.
F. Tr. B.
Pos.
B.-Tuba.
Pk.
Trgl.
Bk.
M.-Tr.
Gr. Tr.
Vl. I.
Vl. II.
Br.
Vcl.
K.-B.
p
poco marc.
cresc.
poco f
marc.
p marc.
p cresc.
div.
tr
7
8

9
Kl.Fl.
poco f
Fl.
cresc.
dim.
p
f
Ob.
Klar.B.
Fag.
Hr. F.
F. Tr. B.
Pos.
mf
B.-Tuba.
Pk.
tr
Trgl.
Bk.
M.-Tr.
Gr.Tr.
Vl.I.
Vl.II.
Br.
Vcl.
K.-B.
pizz.
arco
9

10
Kl. Fl.
Fl.
Ob.
Klar. B
Fag.
Hr. F
F Tr. B.
Pos.
B.-Tuba.
Pk.
Trgl.
Bk.
M.-Tr.
Gr. Tr.
Vl. I.
Vl. II.
Br.
Vcl.
K.-B.
p dolce
p cresc.
cresc.
dolce
10

11
Kl. Fl.
Fl.
Ob.
Klar. B.
Fag.
Hr. F.
F.
Tr.
B.
Pos.
B.-Tuba.
Pk.
Trgl.
Bk.
M.-Tr.
Gr. Tr.
Vl. I.
Vl. II.
Br.
Vcl.
K.-B.
p cresc.
p dolce
dolce
p marc.
div.
11

12
Kl. Fl
Fl.
Ob.
Klar. B.
Fag
F.
Hr. F.
B.
F.
Tr.
B.
Pos.
B.-Tuba
Pk.
Trgl.
Bk.
M. Tr.
Gr. Tr.
Vl. I.
Vl. II.
Br.
Vcl.
K.-B.
12

13
Kl.Fl.
Fl.
Ob.
zus.
Klar. B.
Fag.
F.
Hr. F.
B.
F.
Tr.
B.
Pos.
B.-Tuba.
Pk.
muta in Es
Trgl.
Bk.
M.-Tr.
Gr.Tr.
Vl.I.
Vl.II.
Br.
Vcl.
K.-B.
cresc.
dim.
p dolce
in F.
13

Kl. Fl.
dim.
tr
f

Fl.
dim.
p
f
tr

Ob.
dim.
p
tr
cresc.
f

Klar. B.
dim.
p
tr
cresc.
f

Fag.
dim.
p
cresc.
f

Hr. F.
dim.
p
cresc.
f
f marc.

F. Tr. B.
p dolce
f

Pos.
dim.
p
zus.
f marc.
p dolce

B.-Tuba
dim.
p
muta in H.

Pk.

Trgl.
f
tr

Bk.
f

M.-Tr.
f

Gr. Tr.
p

Vl. I.
stacc.
dim.
p
cresc.
f

Vl. II.
stacc
dim.
p
cresc.
f
div.

Br.
dim.
p
f

Vcl.
dim.
p
pizz.
cresc.
arco
f
pizz.
f

K.-B.
dim.
p
cresc.
f

14
Kl. Fl.
Fl.
Ob.
Klar. B.
Fag.
Hr. F.
F. Tr. B.
Pos.
B.-Tuba.
Pk.
Trgl.
Bk.
M.-Tr.
Gr. Tr.
Vl. I.
Vl. II.
Br.
Vcl.
K.-B.
cresc.
in E.
zus.
marc.
muta in B.
arco
dim.
14

15

Kl.Fl.
Fl. 1.2.
Ob.
Klar.B. 1. 2. 3.
Fag.
Hr. E. 1.2. 3. 4.
in F.
Tr. E.
in F.
Pos.
zus.
B.-Tuba.
Pk.
Trgl.
Bk.
M.-Tr.
Gr.Tr.
Vl.I.
Vl.II.
Br
Vcl
K.-B.

p (ausdrucksv.)
p dolce
cresc.
dim.
pizz.
arco

15

16
Kl.Fl.
Fl.
Ob.
Klar. B.
Fag.
Hr. F.
F. Tr. B.
Pos.
B.-Tuba.
Pk.
Trgl.
Bk.
M.-Tr.
Gr.Tr.
Vl. I.
Vl. II.
Br.
Vcl.
K.-B.
cresc.
poco cresc.
p cantabile
zus.
p dolce
mf cantabile
muta in C.
pizz.
arco
16

17
Kl. Fl.
Fl.
Ob.
Klar. B.
Fag.
Hr. F.
F. Tr. B.
Pos.
B.-Tuba
Pk.
Trgl.
Bk.
M.-Tr.
Gr. Tr.
Vl. I.
Vl. II.
Br.
Vcl.
K.-B.
gewichtig
zus.
cresc.
poco cresc.
sempre più f
arco
marc.
17

18
Kl. Fl.
Fl.
1. 2. zus.
più f
ff
zus.
Ob.
Klar. B.
Fag.
Hr. F.
1. 3. zus.
2. 4. zus.
sempre più f
F. Tr. B.
p
cresc.
Pos.
1.
2. cresc.
B.-Tuba.
sempre f
Pk.
tr
cresc.
Trgl.
Bk.
M.-Tr.
poco cresc.
f
Gr. Tr.
Vl. I.
gewichtig
Vl. II.
Br.
Vcl.
K.-B.
18

19
Kl. Fl.
zus.
Fl.
Ob.
zus.
immer ff
Klar. B.
zus.
Fag.
1.
2. 3. zus.
Hr. F.
1. 3.
2. 4.
F.
Tr. B.
B.
Pos.
B.-Tuba.
Pk.
Trgl.
Bk.
M.-Tr.
Gr. Tr.
Vl. I.
Vl. II.
Br.
Vcl.
K.-B.
19

Kl.Fl.
Fl.
zus.
Ob.
Klar. B.
Fag.
Hr. F.
F.
Tr. B.
B.
Pos.
B.-Tuba.
Pk.
Trgl.
Bk.
M.-Tr.
Gr.Tr.
f dim.
p
cresc.
stacc.
Vl. I.
Vl. II.
Br.
Vcl.
K.-B.

20
Kl.Fl.
Fl.
Ob.
Klar.B.
Fag.
Hr.F.
F.
Tr. B.
B.
Pos.
B.-Tuba.
Pk.
Trgl.
Bk.
M.-Tr.
Gr.Tr.
Vl.I.
Vl.II.
Br.
Vcl.
K.-B.
zus.
più f
cresc.
20

Kl. Fl.
Fl.
Ob.
Klar. B.
Fag.
Hr. F.
F.
Tr. B.
B.
Pos.
B.-Tuba.
Pk.
Trgl.
Bk.
M.-Tr.
Gr. Tr.
Vl. I.
Vl. II.
Br.
Vcl.
K.-B.
zus.
ff
f
tr

21 Breit.
Kl. Fl.
Fl.
Ob.
Klar. B.
Fag.
Hr. F.
F.
Tr.
B.
Pos.
B.-Tuba.
Pk.
Trgl.
Bk.
M.-Tr.
Gr. Tr.
Volksgesang.
Heil, Heil dem Kaiser! König Wilhelm! Aller Deutschen Hort und Freiheitswehr!
stacc.
Vl. I.
Vl. II.
Br.
Vcl.
K.-B.
21 Breit.

Kl. Fl.
Fl.
Ob.
Klar. B.
Fag.
Hr. F.
F. Tr. B.
Pos.
B.-Tuba.
Pk.
Trgl.
Bk.
M.-Tr.
Gr. Tr.
Hoch_ste der Kro_nen wie ziert dein Haupt sie hehr! Ruhmreich ge_ wonnen soll Frie_den dir loh_nen! Der neu ergrünten
Vl. I.
Vl. II.
Br.
Vcl.
K.-B.
ff
p
cresc.
f
gut gehalten

22

Kl. Fl.

Fl.

Ob.

Klar. B.

Fag.

Hr. F.

F. Tr. B.

zus.

Pos.

B.-Tuba.

Pk.

Trgl.

Bk.

M.-Tr.

Gr. Tr.

Eiche gleich, er - stand durch dich das deutsche Reich: Heil seinen Ahnen, seinen Fahnen, die dich führten, die wir trugen, als mit

Vl. I.

Vl. II.

Br.

Vcl.

K.-B.

22

Kl. Fl.
Fl.
Ob.
Klar. B.
Fag.
Hr. F.
F. Tr. B.
Pos.
B.-Tuba.
Pk.
Trgl.
Bk.
M.-Tr.
Gr. Tr.
dir wir Frankreich schlugen! Feind zum Trutz, Freund zum Schutz, allem Volk das deutsche Reich zu Heil und_ Nutz!
Vl. I.
Vl. II.
Br.
Vcl.
K.-B.

Kl. Fl.
Fl.
Ob.
Klar. B.
Fag.
Hr. F.
F.
Tr.
B.
Pos.
B.-Tuba.
Pk.
Trgl.
Bk.
M.-Tr.
Gr. Tr.
Allem Volk das deutsche Reich zu Heil und _ Nutz!
Vl. I.
Vl. II.
Br.
Vcl.
K.-B.

Großer Festmarsch

zur Eröffnung der hundertjährigen Gedenkfeier der Unabhängigkeits-Erklärung der Vereinigten Staaten von Nordamerika

von

Richard Wagner

Dem Festfeier-Frauenverein gewidmet

Nur der verdient sich Freiheit wie das Leben,
der täglich sie erobern muß. Goethe.

Berlin, 17. März 1876.

Das richtige Zeitmaß ist durch den Vortrag der durchgehends thematisch verwendeten Triole festzustellen, welche stets mit markigen Stößen accentuiert, und somit nie überjagt werden muß.

Kl. Fl.
Fl.
Hob.
zus.
Klar. C.
Fag. u. K.-Fag.
zus.
ff
Hr. F.
F.
Tr.
D.
f
Baßtr. C.
Pos.
K.-Btuba.
Pk.
Vl. I.
Vl. II.
Br.
Vcl.
K.-B.

Kl. Fl.
Fl.
Hob.
Klar. C.
Fag. u. K.-Fag.
Hr. F.
in D
F.
Tr.
D.
Baßtr. C.
Pos.
K.-Btuba.
Pk.
Vl. I.
Vl. II.
Br.
Vcl.
K.-B.
zus.
ff
f
dim.

Kl.Fl.
Fl.
Hob.
Klar. C.
Fag. u. K.-Fag.
F.
Hr.
D.
F.
Tr.
D.
Baßtr. C.
Pos.
K.-Btuba.
Pk.
Vl.I.
Vl.II.
Br.
Vcl.
K.-B.
zus.
zus.
zus.
zus.

Kl. Fl.
Fl.
zus.
2.
Hob.
Klar. C.
Fag. u. K.-Fag.
zus.
Hr.
F.
D.
Tr.
F.
D.
Baßtr. C.
Pos.
K.-Btuba.
Pk.
Bck.
Vl. I.
Vl. II.
Br.
Vcl.
K.-B.

Kl. Fl.
Fl.
2.
2.3. zus.
Hob.
Klar. C.
Fag. u. K.-Fag.
zus.
zu 3
K.-Fag.
Hr.
F.
D.
in E
Tr.
F.
D.
Baßtr. C.
Pos.
zus.
K.-Btuba.
Pk.
Trgl.
Bck.
Vl. I.
Vl. II.
Br.
Vcl. u. K.-B.

Kl. Fl.
Fl.
zus.
Hob.
Klar. C.
Fag.
zu 3
K.-Fag.
E.
Hr.
D.
F.
Tr.
D.
in E
Baßtr. C.
Pos.
K.-Btuba.
Pk.
H
Trgl.
Bck.
Vl. I.
Vl. II
Br
Vcl. u. K.-B.

Kl. Fl.
Fl.
zus.
ff
Hob.
Klar. C.
tr
Fag.
zu3
K.-Fag.
E.
Hr.
D.
E.
Tr.
D.
f
Baßtr. C.
Pos.
K.-Btuba.
Pk.
A E
Trgl.
Bck.
Vl. I.
Vl. II.
Br.
Vcl. u. K.-B.

Kl. Fl.
Fl.
zus.
Hob.
Klar. C.
Fag.
K.-Fag.
E.
Hr.
D.
E.
Tr. D.
D.
Baßtr. C.
Pos.
K.-Btuba.
Pk.
Trgl.
Bck.
Vl. I.
Vl. II.
Br.
Vcl.
u. K.-B.
tr
ff
più f
zus.
f

Kl. Fl.

Fl.

zus.

Hob.

zus.

Klar. C.

zus.

Fag.

ff

K.-Fag.

ff

nach F.

E.

Hr.

zus.

nach B.

D.

zus.

E.

Tr. D.

f

D.

Baßtr. C.

Pos.

K.-Btuba.

ff

Pk.

Vl. I.

dim. - - p

Vl. II.

dim. - - p

Br.

dim. - -

Vcl. u. K.-B.

dim. - - - - -

Kl. Fl.
Fl.
Hob.
Klar. C.
Fag. u. K.-Fag.
F.
Hr.
B.
E.
Tr.
D.
Baßtr. C.
Pos.
K.-Btuba.
Pk.
Vl. I.
Vl. II.
Br.
Vcl.
K.-B.

Kl.Fl.
Fl.
2.
2.u.3.
Hob.
Klar.C.
zus.
Fag. u. K.-Fag.
F.
Hr.
B.
in D
E.
Tr.
D.
Baßtr. C.
Pos.
K.-Btuba.
Pk.
Vl.I.
Vl.II.
Br.
Vcl.
K.-B.
pizz.

Kl. Fl.
Fl.
zus.
p cresc.
f
dim.
p
cresc.
Hob.
p
poco cresc.
Klar. C.
2.
Fag. u. K.-Fag.
3. Fag. allein
F.
Hr.
D.
f dim.
E.
Tr.
D.
in D
Baßtr. C.
Pos.
K.-Btuba.
Pk.
Vl. I.
Vl. II.
pizz.
Bog.
Br.
Vcl.
K.-B.

Kl. Fl.
Fl.
Hob.
zus.
Klar. C.
1.
2.
Fag.
3. allein
F.
Hr.
D.
D.
Tr.
D.
Baßtr. C.
Pos.
K.-Btuba.
Pk.
Vl. I.
Vl. II.
Br.
Vcl.
K.-B.
pizz.
Bog.
dim.
cresc.
poco f

Kl.Fl.
Fl.
2. u. 3.
zus.
Hob.
Klar. C.
Fag.
Hr.
F.
D.
Tr.
1.
Baßtr. C.
Pos.
K.-Btuba.
Pk.
Vl.I.
Vl.II.
Br.
Vcl. u. K.-B.

Kl.Fl.
Fl.
ff
zus.
ff
Hob.
ff
zus.
più f
più f
Klar. C.
f
più f
zus.
ff
più f
Fag.
zus.
ff
più f
ff
più f
3.
K.-Fag.
ff
Hr.
F.
D.
zus.
più f
più f
ff
in Es
più f
ff
Tr.
F.
C.
1.
più f
2. u. 3.
f
Baßtr. C.
più f
Pos.
f
f
K.-Btuba.
f
Pk.
Vl.I.
f
più f
ff
Vl.II.
f
più f
ff
Br.
f
più f
ff
Vcl. u. K.-B.
f
più f
ff

Kl.Fl.

Fl.

zus.

Hob.

zus.

Klar. C.

zus.

Fag.

3.

K.-Fag.

Hr F.

zus.

Es.

Tr. F.

1.

C.

2.

C.

3.

Baßtr. C.

Pos.

K.-Btuba.

Pk.

Vl.I.

Vl.II.

Br.

Vcl.

K.-B.

ff

Kl.Fl.
Fl.
zus.
Hob.
zus.
Klar. C.
zus.
Fag.
K.-Fag.
f
zus.
F.
Hr.
Es.
F.
Tr. C.
C.
Baßtr. C.
zus.
Pos.
f
K.-Btuba.
Pk.
Vl. I.
Vl. II.
Br.
Vcl.
K.-B.

Kl.Fl.
Fl.
zus.
più f
Hob.
Klar. C.
Fag.
K.-Fag.
F.
Hr.
Es.
in C
Tr. C.
C.
Baßtr. C.
Pos.
K.-Btuba.
G.C.D.
Pk.
p cresc.
Kl. Tr.
tiefgespannt
Vl.I.
Vl.II.
Br.
Vcl.
K.-Br.

Kl. Fl.
Fl.
zus.
Hob.
Klar. C.
Fag. u. K.-Fag.
zus.
Hr. F.
C.
Tr. F.
C.
1.
2. u. 3.
Baßtr. C.
Pos.
K.-Btuba.
Pk.
Kl. Tr.
Gr. Tr.
Vl. I.
Vl. II.
Br.
Vcl.
K.-B.
ff

Kl. Fl.
Fl.
Hob.
Klar. C.
Fag. u. K.-Fag.
Hr.
F.
C.
Tr.
F.
C.
Baßtr. C.
Pos.
K.-Btuba.
Pk.
Kl. Tr.
Bck.
Vl. I.
Vl. II.
Br.
Vcl.
K.-B.
ff
zus.
immer ff
f
geteilt

Kl. Fl.
Fl.
Hob.
zus.
ff
dim.
p
Klar. C.
1.u.2.
3.
Fag.
K.-Fag.
F.
Hr.
C.
Tr.
zus.
Baßtr. C.
Pos.
K.-Btuba.
Pk.
Kl. Tr.
Bck.
Gr. Tr.
f
Vl.I.
Vl.II.
Br.
pizz.
Bog.
Vcl.
K.-B.
get.

Kl. Fl.
Fl.
p poco cresc.
Hob.
p *p* *p poco cresc.*
p poco cresc.
Klar. C.
2. *p*
3. *p*
1. *p poco cresc.*
2. u. 3. *p poco cresc.*
Fag.
p *p poco cresc.*
p *p poco cresc.*
K.-Fag.
p
Hr.
F. *p* *p poco cresc.*
D. *p* *p poco cresc.*
Tr.
F.
C. in D 2. *p*
Baßtr. C. *p*
Pos.
1. u. 2.
3. *poco cresc.*
K. Btuba.
poco cresc.
Pk. *p* *p*
Kl. Tr. *p*
Vl. I.
Vl. II. *poco cresc.*
Br. *poco cresc.*
Vcl. *poco cresc.*
K.-B.
get. *p* pizz. *p*
Bog. *p* *poco cresc.*

Kl. Fl.
Fl.
poco cresc.
poco f
Hob.
Klar. C.
Fag.
K.-Fag.
Hr.
F.
D.
Tr.
1.
2.
p
poco cresc.
Baßtr. C.
Pos.
K.-Btuba.
Pk.
Kl. Tr.
Bck
Vl. I.
Vl. II.
Br.
Vcl.
K.-B.
get.
pizz.
Bog.
poco cresc.
poco f

Baßtr. C.
Pos.
K.-Btuba.
Vl.I.
Vl.II.
Br.
Vcl.
K.-B.
ff
ff zus.
Hob.
Klar. C.
1. u. 2.
Fag.
3.
K.-Fag.
F.
Hr.
Es.
2.
Pos.
Pk.
B
Kl.Tr.
pizz.
Bog.
Vl.I.
Vl.II.
Br.
Vcl.
pizz.
K-B.
p

Hob.
Klar. C.
Fag. u. K.-Fag.
F.
Hr.
Es.
in D
Pk.
Vl. I.
Vl. II.
Br.
Vcl.
K.-B.
get.
zus.
Fl.
2.
cresc.
poco cresc.
Bog.
D.

Kl.Fl.
Fl.
2.
2. u. 3.
a 2
cresc.
più cresc.
Hob.
Klar. C.
Fag. u. K.-Fag.
cresc.
F.
Hr.
D.
F.
Tr.
D.
2. u. 3.
Baßtr. C.
Pos.
K.-Btuba.
Pk.
Vl.I.
tr
Vl.II.
Br.
get.
Vcl.
K.-B.

Kl. Fl.
Fl.
zus.
più f
Hob.
Klar. C.
Fag. u. K.-Fag.
F.
Hr.
D.
Tr.
più cresc.
Baßtr. C.
Pos.
K.-Btuba.
G. C. D.
Pk.
cresc.
Vl. I.
Vl. II.
Br.
Vcl.
K.-B.
get.
G. P.

*) Während dieser sowie der folgenden zwei Generalpausen könnten bei festlichen Aufführungen aus der Nähe Kanonen und Klein-Gewehrsalven vernommen werden.

Kl.Fl.
Fl.
zus.
Hob.
Klar. C.
Fag. u. K.-Fag.
Hr.
F.
D.
Tr.
F.
D.
Baßtr. C.
Pos.
K.-Btuba.
Pk.
Trgl.
Kl. Tr.
Bck.
Gr. Tr.
Vl. I.
Vl. II.
get.
Br.
get.
Vcl.
K.-B.

Kl. Fl.
Fl.
zus.
1. u. 2.
zus.
Hob.
3.
1.
Klar. C.
2. u. 3. zus.
Fag. u. K.-Fag.
zus.
F.
Hr.
D.
F.
Tr.
D.
zus.
Baßtr. C.
Pos.
K.-Btuba.
Pk.
Trgl.
Kl. Tr.
Vl. I.
Vl. II.
Br.
Vcl.
K.-B.
ff
p
dim.
pizz.

Kl.Fl.
Fl.
Hob.
zus.
1.
p
cresc.
2. u. 3.
zus.
p cresc.
Klar. C.
p
p cresc.
p
cresc.
Fag.
u.
K.-Fag.
zus.
p
poco cresc.
p
poco cresc.
F.
Hr.
D.
p
p
poco cresc.
p
poco cresc.
F.
Tr.
D.
Baßtr. C.
Pos.
K.-Btuba.
Pk.
Trgl.
p
Kl.Tr.
p
Vl.I.
p
p
cresc.
Vl.II.
p
Bog.
p cresc.
p
cresc.
Br.
Bog.
p
poco cresc.
p
cresc.
Vcl.
p
poco cresc.
Bog.
p
cresc.
K.-B.
p
poco cresc.
Bog.
p
cresc.

Kl.Fl.
Fl.
p cresc.
Hob.
1.
cresc.
zus.
Klar. C.
cresc.
Fag. u. K.-Fag.
F.
Hr.
D.
F.
Tr.
D.
Baßtr. C.
Pos.
K.-Btuba.
Pk.
p
poco cresc.
Trgl.
p
cresc.
Kl.Tr.
p
Vl.I
Vl.II
Br.
Vcl. u. K.-B.

Kl. Fl.
Fl.
Hob.
Klar. C.
Fag. u. K.-Fag.
Hr. F. D.
Tr. F. D.
Baßtr. C.
Pos.
K.-Btuba.
Pk.
Trgl.
Kl. Tr.
Bck.
Vl. I.
Vl. II.
Br.
Vcl. u. K.-B.

più f
cresc.
più cresc.
ff
f
p

Kl. Fl.
Fl.
zus.
Hob.
Klar. C.
Fag. u. K.-Fag.
ff
Hr.
F.
D.
Tr.
F.
D.
f
Baßtr. C.
Pos.
K.-Btuba.
Pk.
Trgl.
Kl. Tr.
poco f
Bck.
Vl. I.
Vl. II.
Br.
Vcl. u. K.-B.

Kl. Fl.
Fl.
zus.
Hob.
Klar. C.
Fag. u. K.-Fag.
Hr.
F.
D.
Tr.
F.
D.
3.
Baßtr. C.
Pos.
K.-Btuba.
Pk.
A
Trgl.
Kl. Tr.
Bck.
Vl. I.
Vl. II.
Br.
Vcl. u. K.-B.

Kl. Fl.
Fl.
zus.
Hob.
Klar. C.
Fag.
K.-Fag.
F.
Hr.
D.
F.
Tr.
D.
Baßtr. C.
Pos.
K.-Btuba.
H
G C D
Pk.
Trgl.
Kl. Tr.
Bck.
Gr. Tr.
Vl. I.
Vl. II.
Br.
Vcl.
K.-B.

Kl. Fl.
Fl.
zus.
Hob.
Klar. C.
Fag.
K.-Fag.
F.
Hr.
D.
F.
Tr.
D.
Baßtr. C.
Pos.
K.-Btuba.
Pk.
Trgl.
Kl. Tr.
Bck.
Gr. Tr.
Vl. I.
Vl. II.
Br.
get.
Vcl. u. K.-B.
ff

Kl. Fl.
Fl.
zus.
Hob.
Klar. C.
Fag.
K.-Fag.
Hr.
F.
D.
Tr.
F.
D.
Baßtr. C.
Pos.
K.-Btuba.
Pk.
Trgl.
Kl. Tr.
Bck.
Gr. Tr.
Vl. I.
Vl. II.
Br.
Vcl. u. K.-B.

Kl. Fl.
Fl.
zus.
Hob.
Klar. C.
Fag. u. K.-Fag.
Hr.
F.
D.
Tr.
F.
D.
Baßtr. C.
Pos.
K.-Btuba.
Pk.
Trgl.
Kl. Tr.
Bck.
Gr. Tr.
Tamtam.
Vl. I.
Vl. II.
Br.
Vcl.
K.-B.

Kl. Fl.
Fl.
zus.
Hob.
Klar. C.
Fag. u. K.-Fag.
Hr. F.
D.
Tr. F.
D.
Baßtr. C.
Pos.
zus.
K.-Btuba.
Pk.
Trgl.
Kl. Tr.
Bck.
Gr. Tr.
Vl. I.
Vl. II.
Br.
Vcl.
K.-B.

Kl. Fl.
Fl.
zus.
Hob.
Klar. C.
Fag.
K.-Fag.
F.
Hr.
D.
F.
Tr.
D.
Baßtr. C.
Pos.
K.-Btuba.
Pk.
Trgl.
Kl. Tr.
Bck.
Gr. Tr.
Vl. I.
Vl. II.
Br.
Vcl.
K.-B.
ff
f

Kl. Fl.
Fl.
zus.
Hob.
Klar. C.
Fag.
K.-Fag.
F.
Hr.
D.
F.
Tr.
D.
Baßtr. C.
Pos.
K.-Btuba.
Pk.
Trgl.
Kl. Tr.
Bck.
Vl. I.
Vl. II.
Br.
Vcl.
K.-B.

Kl. Fl.
Fl.
zus.
Hob.
Klar. C.
Fag.
K.-Fag.
F.
Hr.
D.
F.
Tr.
D.
Baßtr. C.
1. u. 2.
Pos.
3.
K.-Btuba.
Pk.
Trgl.
Kl. Tr.
Bck.
Gr. Tr.
Vl. I.
Vl. II.
Br.
Vcl.
K.-B.

Siegfried-Idyll.

Es war Dein opfermutig hehrer Wille,
der meinem Werk die Werdestätte fand,
von Dir geweiht zu weltentrückter Stille,
wo nun es wuchs und kräftig uns erstand,
die Heldenwelt uns zaubernd zum Idylle,
uraltes Fern zu trautem Heimatland.
Erscholl ein Ruf da froh in meine Weisen:
„ein Sohn ist da!" — der mußte Siegfried heißen.

Für ihn und Dich durft' ich in Tönen danken, —
wie gäb' es Liebestaten holdren Lohn?
Sie hegten wir in unsres Heimes Schranken,
die stille Freude, die hier ward zum Ton.
Die sich uns treu erwiesen ohne Wanken,
so Siegfried hold, wie freundlich unsrem Sohn,
mit Deiner Huld sei ihnen jetzt erschlossen,
was sonst als tönend Glück wir still genossen.

It was thy will, so brave and sacrificing,
Which found the place wherein my work should be;
Thy presence here, all turmoil exorcising,
Gives life and strength to work for thee and me;
And here the world of heroes is arising,
As in our home we distant scenes can see.
Amidst my labours came a voice enthralling:
"A son is there!" — him Siegfried we are calling.

If I for both in song now lift my praises,
What fairer form could thanks for love-gifts take?
At home we cherished them in all their phases,
And here calm joys to melody awake.
Each theme that in our hearts such rapture raises,
Shall also joy for our son Siegfried make,
If thy sweet grace be now once more approving
What has, like music, long our souls been moving!

English Version by Edward Oxenford.

Ce fut ta noble volonté pleine d'abnégation qui trouva pour mon oeuvre l'asile consacré par toi à la paix infinie. C'est là que l'oeuvre a grandi et s'est vigoureusement affirmée, transformant en idylle ce monde de héros, et leurs lointains primitifs en patrie bien aimée. Soudain un cri a joyeusement traversé mes chants: «Un fils est né!» — il devait se nommer Siegfried.

Lui et toi, puissé-je vous remercier par mes chants; — est-il plus belle récompense aux preuves de l'amour? — La joie paisible qui s'exprime en ces sons, nous l'avions tenue secrète à notre foyer. A ceux qui nous restèrent, fidèles sans défaillance, qui furent bons pour Siegfried et doux à notre fils, qu'à eux soit révélé — avec ton assentiment — le chant de bonheur tranquille dont nous avons joui.

Trad. de May de Rudder.

Siegfried-Idyll

von

Richard Wagner

Komponiert 1870.

Stich und Druck von Breitkopf & Härtel in Leipzig.

Noch mehr zurückhaltend.
Vl. I
Vl. II.
Br.
Vcl.
K.-B.
dim.
più p
2
a tempo
Sehr ruhig.
Fl.
Hr. E.
p dolce
Hob.
Klar. A.
Fag.
dolce
p dolce
poco cresc.
p cresc.
cresc.
espress.
p espress.

3
Fl.
Hob.
Klar. A.
Fag.
Hr. E.
Vl. I.
Vl. II.
Br.
Vcl.
K.-B.
cresc.
più f
p
più p
p dolce
dolce
poco rit.
in H.
tr
pizz.

4 a tempo
Fl.
Hob.
Klar. A.
Fag.
Hr. E.
in E.
Vl. I.
Vl. II.
Br.
Vcl.
K.-B.
p dolce
dolce poco cresc.
cresc.
p espress.
dim.
poco cresc.
pizz.
arco
5
p cresc.
dim.

Fl.
Hob.
Klar. A.
Fag.
Hr. E.
Vl. I.
Vl. II.
Br.
Vcl.
K.-B.
6 Sehr einfach.
dim.
cresc.
pizz.
arco
più p

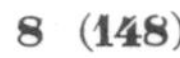

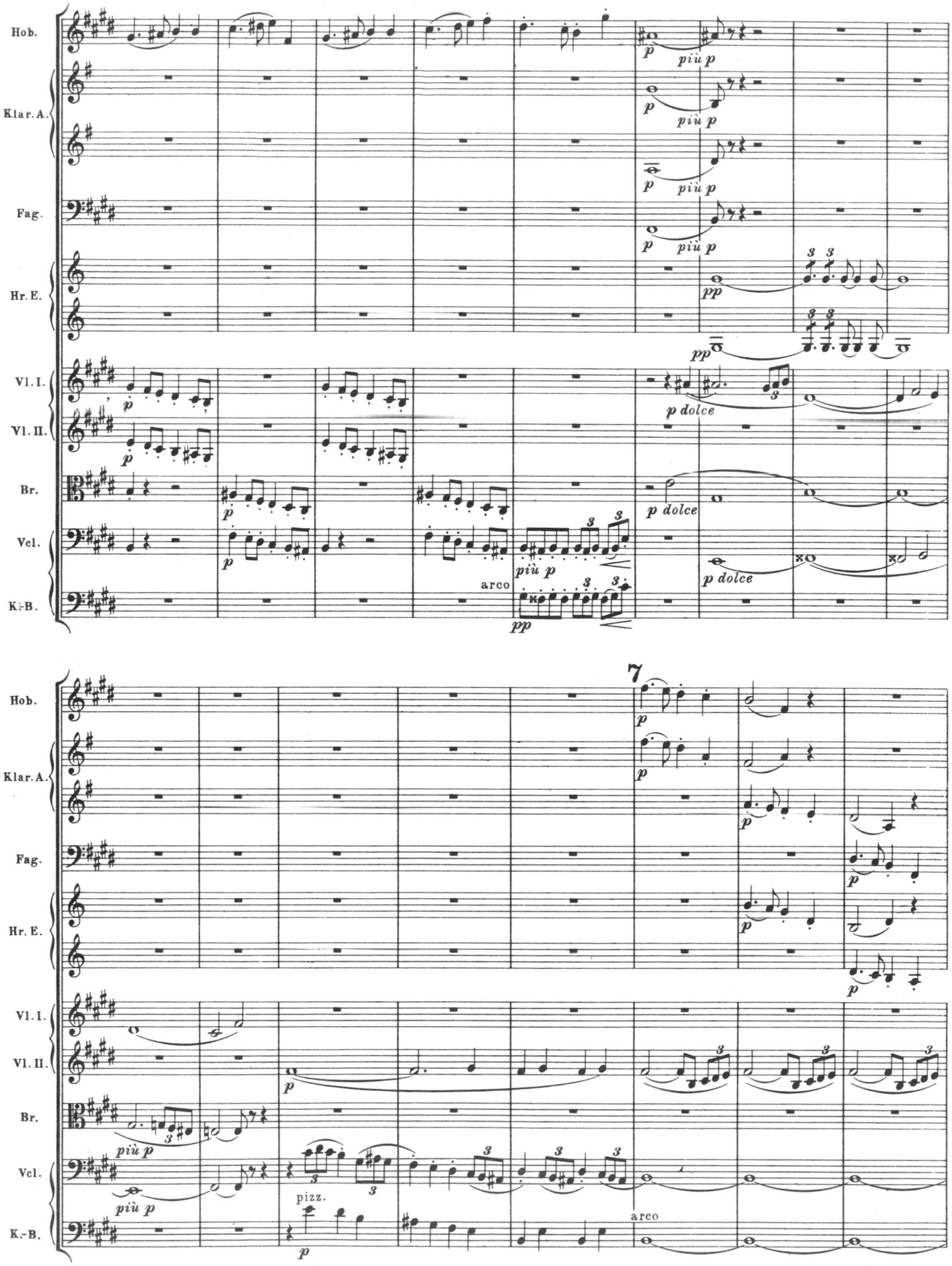
Hob.
Klar. A.
Fag.
Hr. E.
Vl. I.
Vl. II.
Br.
Vcl.
K.-B.
p
più p
pp
p dolce
arco
7
pizz.

2.
Klar. A.
Fag.
Hr. E.
Vl. I.
Vl. II.
Br.
Vcl.
K.-B.
più p
pp
in F.
Hr. F.
8 Immer langsamer werdend.
mit Dämpfer
pizz.

9
Fl.
Hob.
Klar. B.
Fag.
Hr. Es.
Vl. I.
Vl. II.
Br.
Vcl.
K.-B.
tr
p
pp
più p
pizz.
10
Leicht bewegt.
rall.
a tempo
dolciss.
dolce
in F.
più p

Fl.
Hob.
Klar. B.
Fag.
Hr. F.
Vl. I.
Vl. II.
Br.
Vcl.
K.-B.
11
12
p dolce
poco cresc.
cresc.
ohne Dämpfer
arco
sempre pp

13
Hob.
Vl. I.
Vl. II.
Br.
Vcl.
p dolce
poco cresc.
dim.
pp
14
Klar. B.
Fag.
K.-B.
cresc.
f
p
p espress.
pizz.

Klar. B.
Fag.
Hr. F.
in F
dolce
Vl. I.
Vl. II.
Br.
geteilt
Vcl.
K.-B.
arco
p dolce
Hob.
p cresc.
poco cresc.
ben ten.
cresc.

15
Fl.
Hob.
Klar. B.
Fag.
Hr. F.
Vl. I.
Vl. II.
Br.
Vcl.
K.-B.
f ben ten.
ben ten.
più f
ff
in F
in C

16 Lebhaft.
Klar. B.
F. Hr. C.
gut gehalten
p
p (lustig)
Fl.
Klar. B.
p (lustig)
p
Fl.
Hob.
Klar. B.
Fag.
F. Hr. C.
Vl. I.
Vl. II.
Br.
Vcl.
K. B.
17
cresc.
p cresc.
f
tr
p dolce
p

Fag.
Vl. I.
Vl. II.
Br.
Vcl
K.-B.
poco cresc.
p
pp poco cresc.
cantabile
pp
Fl.
Hob.
Klar. A.
Fag.
Hr. E.
Vl. I.
Vl. II.
Br.
Vcl.
K.-B.
cresc.
più cresc.
pizz.
arco

18
Fl.
Hob.
Klar. A.
Fag.
Hr. E.
Vl. I.
Vl. II.
Br.
Vcl.
K.-B.
ben ten.
f espr.
stacc.
19
Tr. C.
in F
in C
più f
ff
ten.

20
Fl.
Hob.
Klar. A.
Fag.
Hr. F.
Tr. C.
Vl. I.
Vl. II.
Br.
Vcl.
K.-B.
ten.
stacc.
più f
ff
p dolce
p dol.
più p
(schweigt)
ben ten.
p zart
ben ten
dolce

21
Fl.
Hob.
Klar. A.
Fag.
Hr. E.
in E
Vl. I.
Vl. II.
Br.
Vcl.
K.-B.
p
più p
p dolce
pizz.
22
dolce
poco cresc.
arco
p poco cresc.

Fl.
Hob.
Klar. A.
Fag.
Hr. E.
Vl. I.
Vl. II.
Br.
Vcl.
K.-B.
arco
pizz.
p
p espress.
cresc.
f
sf
dim.
23

Fl.
Hob.
Klar. A.
Fag.
Hr. E.
Vl. I.
Vl. II.
Br.
Vcl.
K.-B.
dim.
p dolce
più p
dolciss.
pizz.
arco
dolce

24
Sehr ruhig
Fl.
Klar. A.
Fag.
F. Hr. E.
in F
in C
(gut gehalten)
Vl. I.
Vl. II.
Br. I.
Br. II.
Vcl.
K.-B.
Hob.
p dolce
Hr. E.
in E
più p
Br.

Rall.
25
Bedeutend langsamer.
Fag.
Hr. E.
Vl. I.
Vl. II.
Br.
Vcl.
K.-B.
p
cresc.
sf
dim.
più p
Fl.
Hob.
Klar. A.
pp
sempre pp

Richard Wagners

Werke

Richard Wagners Werke

Musikdramen – Jugendopern – Musikalische Werke

herausgegeben

von

Michael Balling

XX

Orchesterwerke

3. Abteilung

Verlag von Breitkopf & Härtel
Leipzig · Berlin

PRINTED IN GERMANY

Richard Wagners Musikalische Werke

Erste kritisch revidierte Gesamtausgabe

Sechster Band

Orchesterwerke

3. Abteilung

herausgegeben

von

Michael Balling

Verlag von Breitkopf & Härtel
Leipzig · Berlin

PRINTED IN GERMANY

Vorwort zum XX. Band

Wagners *C dur*-Symphonie, womit die etwas bunte Reihe der Werke dieses Bandes eröffnet wird, ist wohl bei weitem das interessanteste und zugleich bedeutendste Produkt seiner Jugendperiode. Erstaunlich ist die absolute Beherrschung der Form und die Kompositionstechnik, noch erstaunlicher aber die Kraft der Tonsprache, namentlich wenn man bedenkt, daß Wagner 19 Jahre alt war und er eben erst seine Studien bei Weinlig vollendet hatte. Höchst interessant ist die Stelle in der Coda des ersten Satzes, namentlich im Hinblick auf die spätere Entwicklung! (siehe Seite 28 und 29 dieser Partitur die Holzbläser und die ersten Takte des 2. Satzes.) Der Kantor Weinlig wird seine Freude gehabt haben an dieser Frucht seines Unterrichts. Merkwürdig ist das Schicksal der Originalpartitur der Symphonie, was mag wohl Mendelssohn damit angefangen haben? Es bleibt ein unvergängliches Verdienst W. Tapperts, daß er die Orchesterstimmen der Symphonie wieder fand, nach denen die Partitur von Anton Seidl zusammengestellt wurde (im Jahre 1881—1882). Im Jahre 1882 leitete Wagner in Venedig persönlich eine Aufführung der von ihm „eigenhändig komponierten Symphonie nach einer uneigenhändigen Partitur" zur Geburtstagsfeier seiner Frau. (Näheres siehe Gesammelte Schriften Bd. 10, Bericht über die Wiederaufführung eines Jugendwerkes, und auch Glasenapp, Das Leben Richard Wagners Bd. 1.) Ob Wagner bei dieser Aufführung sich genau an die Seidlsche Partitur hielt, die später bei Max Brockhaus (Leipzig) erschien, ist leider nicht mehr festzustellen; die im Wahnfried-Archiv befindliche Seidlsche Partitur zeigt keinerlei Abweichungen im Notentext von der Brockhausschen. Trotz dieser Tatsache kann der Herausgeber der hier vorliegenden Partitur nicht umhin auf einige ihm zweifelhafte Stellen aufmerksam zu machen. Im 1. Satz Seite 15 Takt 2. In der zweiten Hälfte dieses Taktes spielen die Fagotte *D*, die Celli und Bässe hingegen bleiben auf *Es* liegen. Nach meinem Erachten müßten die Celli und Bässe mit den Fagotten gehen, also auch *D* spielen; nicht nur des Quintenfortschrittes wegen, der sich zwischen dem *B* der Violinen und dem *Es* der Bässe ergibt, auch nicht weil bei der analogen Stelle Seite 16 Takt 4—5 Fagotte, Celli und Bässe zusammen fortschreiten, sondern weil es besser und vor allem klarer klingt. Seite 17 Zeile 2 Takt 1 halte ich das *G* auf dem letzten Viertel in den Celli und Bässen für falsch; ich glaube, daß die Celli und Bässe in diesem Takte *C*, *B*, *A*, *As* lauten müssen, natürlich ist das *As* auf dem dritten Viertel in den Violen ebenfalls in *A* umzuändern. Seite 25 Takt 2 fehlt nach meiner Ansicht in der 1. Hoboe das ~ Zeichen; Seite 11 Takt 5 bei derselben Stelle, steht in der Flötenstimme das ~ Zeichen. Dritter Satz: Beim ersten Eintritt des *Un poco meno Allegro* spielen die Bässe und Celli allein ein Forte *C*; das halte ich für falsch; dieses *C* muß nach meinem Dafürhalten erst bei der Wiederholung des Teiles gespielt werden und zwar *piano*, als Abschluß des *Ima volta*, siehe auch die Coda dieses Satzes, wo die Bässe schweigen beim Wiedereintritt des *Un poco meno Allegro*. Die Zeichen für die Phrasierung und die dynamischen Vortragszeichen sind in dieser Partitur einheitlich durchgeführt, zum Teil ergänzt, überflüssiges wurde entfernt. Um an einem Beispiel zu zeigen, wie dabei verfahren wurde, verweise ich auf den 4. Takt des letzten Satzes. In der Brockhausschen Partitur stehen hier für alle Streicher die > Zeichen auf dem 1. und 3. Viertel, bei allen späteren Wiederholungen fehlt das > Zeichen bald bei dieser, bald bei jener Stimme, manchmal bei allen.

Die beiden Konzert-Ouvertüren, die hier zum erstenmal veröffentlicht werden, sind die ersten Früchte (für Orchester) des Studiums bei Weinlig und zugleich der Niederschlag des eingehenden Studiums Mozartscher und Beethovenscher Werke. Wagner beschäftigte sich damals mit der Herstellung eines Klavierauszuges zur „Neunten", das spürt man seiner *Dmoll*-Ouvertüre deutlich ab; die *Cdur*-Ouvertüre hingegen weist mehr auf Mozartschen Einfluß hin.

Die *Dmoll*-Ouvertüre trägt das Datum: Leipzig, den 26. September 1831 und: Umgearbeitet den 4. November 1831. Aufgeführt wurde sie zuerst gelegentlich eines „Declamatoriums" im Kgl. Sächs. Hoftheater zu Leipzig am 25. Dezember 1831, und dann am 23. Februar 1832 im Saale des Gewandhauses im 16. Abonnement-Konzert. Die Originalpartitur der *Cdur*-Ouvertüre trägt das Datum: Leipzig, den 17. März 1832; sie wurde zuerst in einem Konzert der „Euterpe" (Konzert-Institution) in Leipzig gespielt, dann am Montag, den 30. April 1832 im Gewandhaus in einem Konzert, das die Sängerin Mathilde Palazzesi veranstaltete. (Der gedruckte Programmzettel zu diesem Konzerte liegt heute noch in dem Bande, in dem die Manuskriptpartituren der *Dmoll*-, *Cdur*- und König Enzio-Ouvertüre zusammen gebunden sind, im Wahnfried-Archiv.) In der *Cdur*-Ouvertüre sind drei Sprünge von Wagners Hand eingezeichnet. Der Herausgeber hat die übersprungenen Takte daher nicht in die Partitur aufgenommen, sondern als Anhang beigefügt, sodaß wenn jemand das Werk in seiner ursprünglichen Gestalt aufführen will, dies ohne viel Mühe geschehen kann. Die drei Sprünge sind in der Partitur angegeben. Die beiden Ouvertüren haben metronomische Tempoangaben, diese stehen mit Blei von Wagners Hand in den Manuskripten. —

Die Bearbeitung der „Träume" wurde, zum Geburtstag der Frau Mathilde Wesendonk, am 18. Dezember 1857 ausgeführt. In Band 2,[2] Das Leben Richard Wagners von Glasenapp steht über die erste Aufführung: „daß Wagner, im Dezember, zum Geburtstage der werten Gönnerin, in der Frühe mit 18 auserlesenen Züricher Musikern vor ihrem Schlafgemache erschienen sei, um von diesen unter seiner persönlichen Leitung die Träume vortragen zu lassen, nachdem er dieselben eigens für dieses kleine Orchester instrumentiert hatte". — Auch diese Partitur befindet sich im Wahnfried-Archiv.

Adagio für Klarinette mit Streichquintettbegleitung.

Auf einem Programm zu einem Schüler-Orchesterkonzert in der Kgl. Musikschule zu Würzburg fand ich dies Adagio unter den Stücken, die zum Vortrag kamen. Ich schrieb sogleich an den Direktor Herrn Prof. Max Meyer-Olbersleben, ob er mir die Partitur zur Einsicht schicken könne, und erhielt folgende Antwort: „Inliegend erfülle ich Ihren Wunsch und sende Ihnen das sich in unsrer Bibliothek befindende Exemplar von R. Wagner. Prof. Stark erhielt dasselbe von einem Schüler Bernh. Dölling, Mitglied des Theaterorchesters in Nürnberg. Ob dasselbe authentisch ist, kann Prof. Stark natürlich nicht sagen...." — Auf dieses Schreiben hin wandte ich mich an Bernh. Dölling; von diesem erhielt ich folgende Antwort: „In Beantwortung Ihrer werten Zeilen erlaube ich mir Ihnen mitzuteilen, daß ich die fragliche Abschrift vor ungefähr sechs Jahren von einem inzwischen verstorbenen Herrn Klein erhalten habe. Dessen Bruder war Klarinettist und mit dem Klarinettisten Rummel befreundet, dem das Adagio von Wagner gewidmet sein soll. Rummel soll den Meister um eine Widmung gebeten haben und gelegentlich einer Kurmusik in Bad Kissingen soll das Adagio entstanden sein, das der Meister in Rummels Notizbuch geschrieben haben soll. Herr Prof. Kniese und ich haben uns seinerzeit große Mühe gegeben das Original zu entdecken, leider ohne Erfolg....." Das klingt sehr phantastisch und zum Teil wenig glaubhaft; aber die Möglichkeit, daß das Adagio von Wagner ist, kann man nicht von der Hand weisen, denn es ist sehr gut möglich, daß Wagner während seines Aufenthaltes in Würzburg (Januar 1833—Anfang 1834) auch einmal nach Kissingen Ausflugsweise kam, und daß er dort den Klarinettisten Rummel irgend ein Solo hat blasen hören, wodurch Wagner veranlaßt wurde, Rummel ein freundliches Wort zu sagen und Rummel, der Wagner womöglich von Würzburg her bereits kannte (denn die Würzburger Stadttheaterkapelle spielt heute noch zum größten

Teil die Kurmusik im Sommer in Kissingen) die Bitte um ein Solostück für sein Instrument aussprach. — Wagner schrieb damals die Feen, und wenn man das schöne *Edur*-Adagio in der Wahnsinns-Aria Arindals (eine höchst interessante und sehr bemerkenswerte Arie) und noch so manches andere Stück dieser Oper darauf hin betrachtet, ob derselbe Komponist das Klarinetten-Adagio geschrieben haben könne, so wird man unbedingt mit mir sagen, daß diese Frage viel eher mit ja als mit nein zu beantworten sei. Der 3. und 4. Takt z. B. in der Einleitung, oder der plötzliche Eintritt des tremolo in der Begleitung (bei der *Adur*-Stelle) und die folgenden Takte der Überleitung zur variierten Wiederholung der Melodie, sind Stellen, die mir den Glauben an die Möglichkeit der Autorschaft Wagners von diesem fraglichen Adagio, sehr nahe legen. Vielleicht wird durch diese Veröffentlichung der Partitur der Besitzer jenes „Notizbuches", oder besser, der Besitzer des Originalmanuskriptes, veranlaßt, Kunde von seinem Besitz und dessen Geschichte zu geben, sodaß die Frage gelöst werden kann, die uns hier beschäftigt; bis dieser Fall eintritt, wollen wir das Stück als von Wagner herrührend betrachten, und ihm den Platz unter seinen Jugendwerken, den es hier einnimmt, gerne einräumen — denn der Platz gereicht dem Stück und seinem Autor auf jeden Fall zur Ehre. —

Als Stichvorlage zur „Trauersinfonie" diente mir eine von Felix Mottl angefertigte Abschrift. Mottl machte mir diese Abschrift zum Geschenk und bemerkte dazu: für die Echtheit und Richtigkeit des Inhaltes verbürge ich mich Dir. — Von Mottls Hand steht auf dem Umschlag der Partitur folgendes: „Auf dem Exemplare (aus dem Besitze der Frau Rudolf Tichatschek abgeschrieben von Felix Mottl) steht die Bleistiftnotiz:

gedruckt:

Die Noten Autograph Wagner's ebenso das Wort „Dresden"
auf dem Titel „Tichatschek" Autograph desselben.

Trauersinfonie
zur
feierlichen Beisetzung der Asche
C. M. v. Webers
ausgeführt während des Zuges vom Ausschiffungsplatze
bis an den Friedhof zu Dresden-Friedrichstadt, am 4. Dezember 1844
nach Melodien der Euryanthe
arrangiert von
Richard Wagner.

Tichatschek.

Mottl will wohl sagen, daß die Noten und das Wort „Dresden" Autograph Wagners sind, während das Wort „Tichatschek" auf dem (gedruckten?) Titelblatt, Autograph des letzteren ist; mithin handelt es sich bei dem „Exemplare aus dem Besitze der Frau R. Tichatschek" um die Originalpartitur Wagners, es wurde mir übrigens auch von andrer Seite bestätigt, daß Frau Tichatschek im Besitze dieser Original-Partitur war. —

Es ist mir nicht bekannt, daß diese Trauersinfonie schon einmal gedruckt erschienen ist, daher ich annehme, daß das Wort „gedruckt" sich nur auf den Titel des Tichatschekschen Exemplars beziehen kann. Vielleicht hat Wagner zu seiner Zeit Umschläge mit diesem Titel für die Bläserstimmen drucken lassen, und Tichatschek hat die Partitur Wagners in einem solchen Umschlag geschenkt erhalten, auf welchem Wagner das Wort „Dresden" vor „Friedrichstadt" einfügte. — Die Abschrift Mottls trägt am Ende der Partitur das Datum: F. M. Marienbad 6. 7. 97.

Darmstadt, Frühjahr 1922. **Michael Balling.**

Inhalt

Orchesterwerke

3. Abteilung

Symphonie in C dur

von

Richard Wagner

Das Partitur-Manuskript dieser Symphonie wurde bisher noch nicht wieder aufgefunden. Die vorliegende Ausgabe wurde gestochen nach der aus den vorhandenen Stimmen von Anton Seidl zusammengestellten Partitur, aus der der Meister die Aufführung in Venedig (1882) dirigierte

Komponiert: Leipzig 1832.

Sostenuto e maestoso

2 Flöten
2 Hoboen
2 Clarinetten in C
2 Fagotte
1. u. 2. Hörner in C 3. u. 4.
2 Trompeten in C
Pauken in C u. G
1. Violine
2. Violine
Bratsche
Violoncell
Contrabass

Druck von Breitkopf & Härtel in Leipzig.

dim.
zus.
get.
marc.
f marc.

A
zus.
dim.
1.
3.

zus.
zus.
get.
zus.
zus.
zus.

Allegro con brio
ff
dim.
p
zus.
poco f
f
get.

zus.
cresc.
più f
f
ff
p

ff
zus.
f
p
p marc.
fp

B

C
zus.
cresc.
p cresc.
sempre f
f
p

zus.
zus.
zus.
ff
ff
ff
ff
zus.
f
f
ff
ff
ff
ff
ff
sf
p dolce
p dolce
p dolce
p
get.
p dolce
p

cresc.
p cresc.
cresc.
cresc.
cresc.
f
mf cresc.
dim.
zus.
1.
p
pp
più p

2.
p
zus.
mf cresc.
cresc.
p cresc.
ff
p

D
pp
1.
fp
cresc.
mf cresc.
p cresc.
zus.
6
3

E
zus.
1.
p dolce
dolce

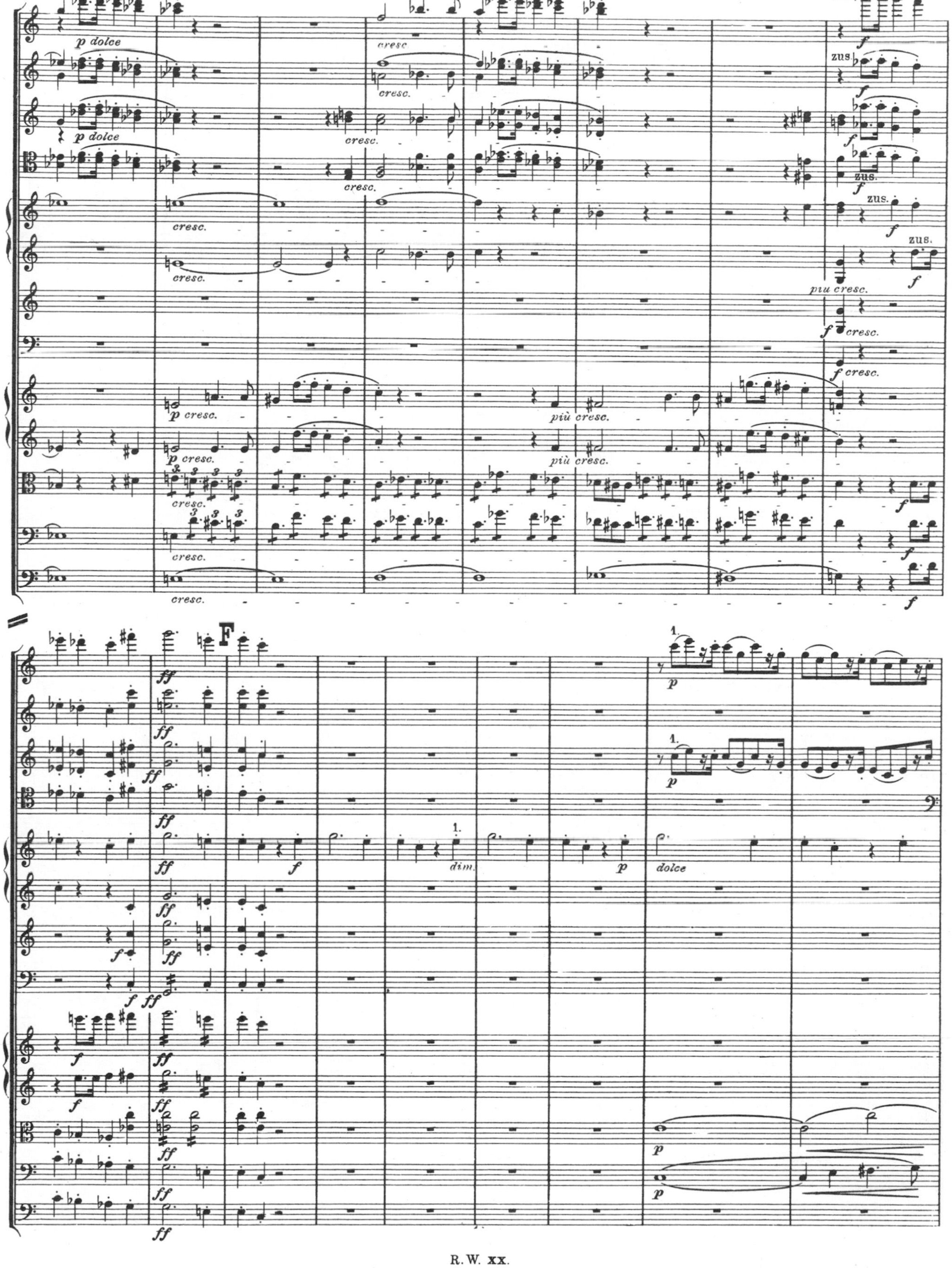
p dolce
cresc.
zus
zus.
più cresc.
p cresc.
f
F
ff
dim.
1.
p
dolce

zus.
p
p
p
p
p
p
1.
1.
p cresc.
1.
p cresc.
p cresc.
cresc.
zus.
cresc.
p cresc.
mf cresc.
mf cresc.
p cresc.
zus.
f
zus.
f
cresc.
cresc.
tr.
p cresc.
p cresc.
mf cresc.

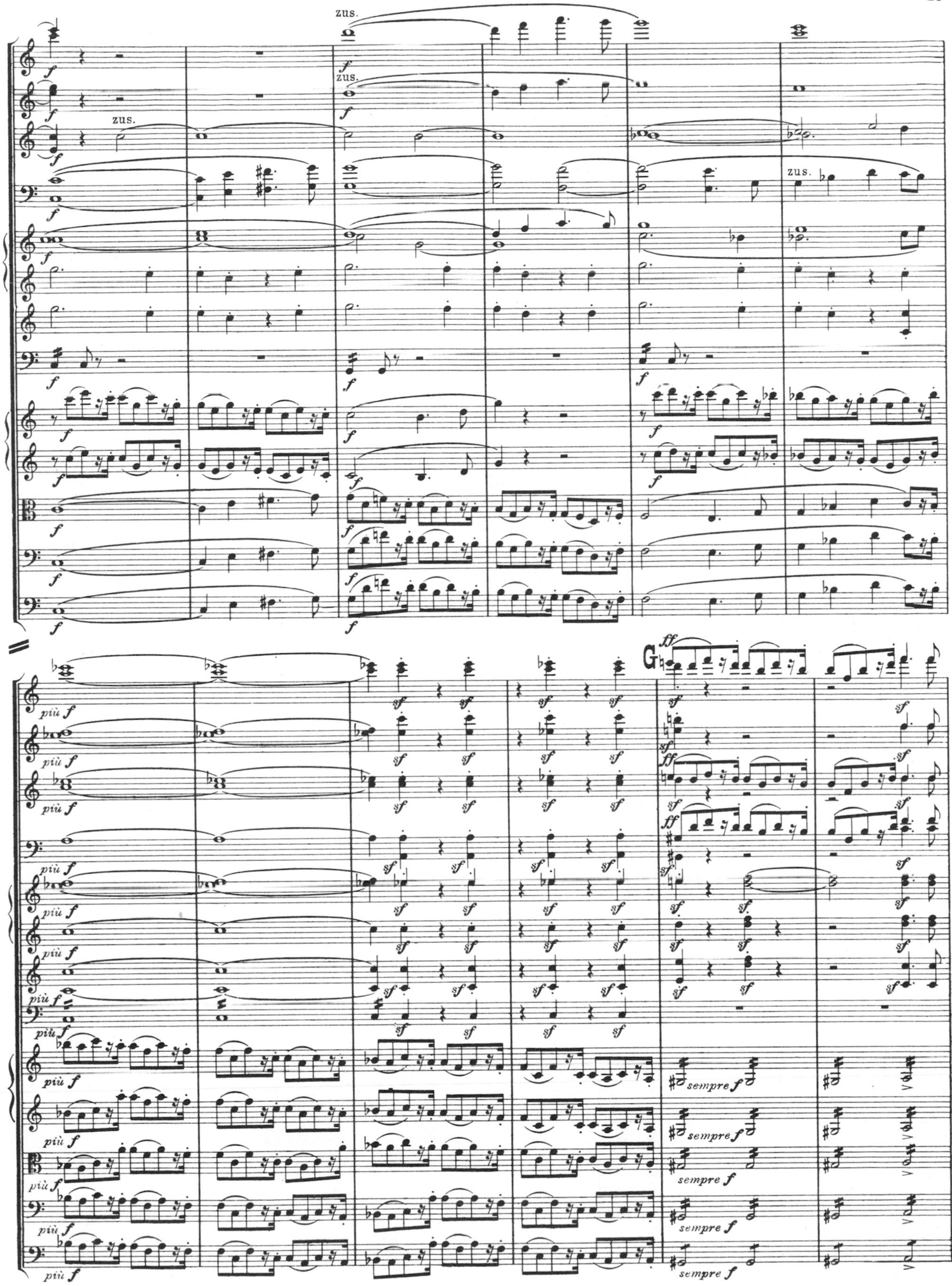
zus.
zus.
zus.
zus.
più f
G
ff
sf
sempre f

ff
sf
p
f
zus.
fp

zus.

H
più f
f
ff

ff
p
f
sf
fp
zus.

zus.
zus.
zus.
zus.
p dolce
p dolce

zus.
f
p
cresc.

zus.
zus.
p dolce
p dolce

zus.

zus.

zus.

f

zus.
zus.
zus.
zus.
ff
fp
p

zus.
zus.
zus.
zus.
zus.
zus.
f
più f
cresc.
ff

zus.
zus.
zus.
f
zus.
sf

K
zus.
zus.
p dolce
p dolce
p dolce
cresc.
f
p
piu f
cresc.
ff

Andante ma non troppo, un poco maestoso
2 Flöten
2 Hoboen
2 Clarinetten in B
2 Fagotte
Contrafagott
1. u. 2.
Hörner
3. u. 4.
2 Trompeten in F.
1. u. 2.
3 Posaunen
3.
Pauken in C, G. u. F.
1. Violine
2. Violine
Bratsche
Violoncell
Contrabass
zus.
in E
in F
cresc.
pizz.

p
pizz.
Bog.
Bog.

L
f
cresc.
p
zus.

dim.
dim.
dim.
dim.
dim.
dim.
p
pizz.
p
zus.
zus.
p
p
p
p
pp
pp
f
f
f
f
in F
in F
in F
p
cresc.
p
cresc.
p
cresc.
più p
cresc.
Bog.
p
cresc.

ff
p
cresc.
poco f
più f
1. 2. Pos.
3. Pos.
zus.
poco cresc.
più cresc.
f
Vcl. u. Ctrb.
mf
p cresc.

M
zus.
ff
zus.
sempre ff
ff Vcl. u. Ctrb.
sempre ff
zus.
f
p

Hob.
pp
più p
p
N
mf cresc.
pp cresc.
cresc.
f
più f
zus.
p cresc.

zus.
Hob.
C.-Fag.
3.Pos.
poco f

accel.
zus.
fp
sf
cresc.
p cresc.
3.Pos.
poco f
dim.
rallent.
a tempo
f
p zus.
p

O
C.-Fag.
cresc.
cresc.
cresc.
poco f
poco f
f
p
più f

zus.
p dolce
p dolce
p dolce
p dolce
p
pp
pp
cresc.
Vcl. u. Ctrb.
più cresc.
molto cresc.
ff

zus.
zus.
Vcl. u. Ctrb.
f
tr
tr
ten.
ten.
ten.
ten.
p
p
più p
dim.
dim.
dim.
ten.
ten.
ten.
p
p
più p
p
più p
p
più p
Vcl. u. Ctrb.
p
più p

zus.
zus.
1.
pizz.
Vcl. u. Ctrb.
pizz.
Vcl. u. Ctrb.
Bog.
Bog.

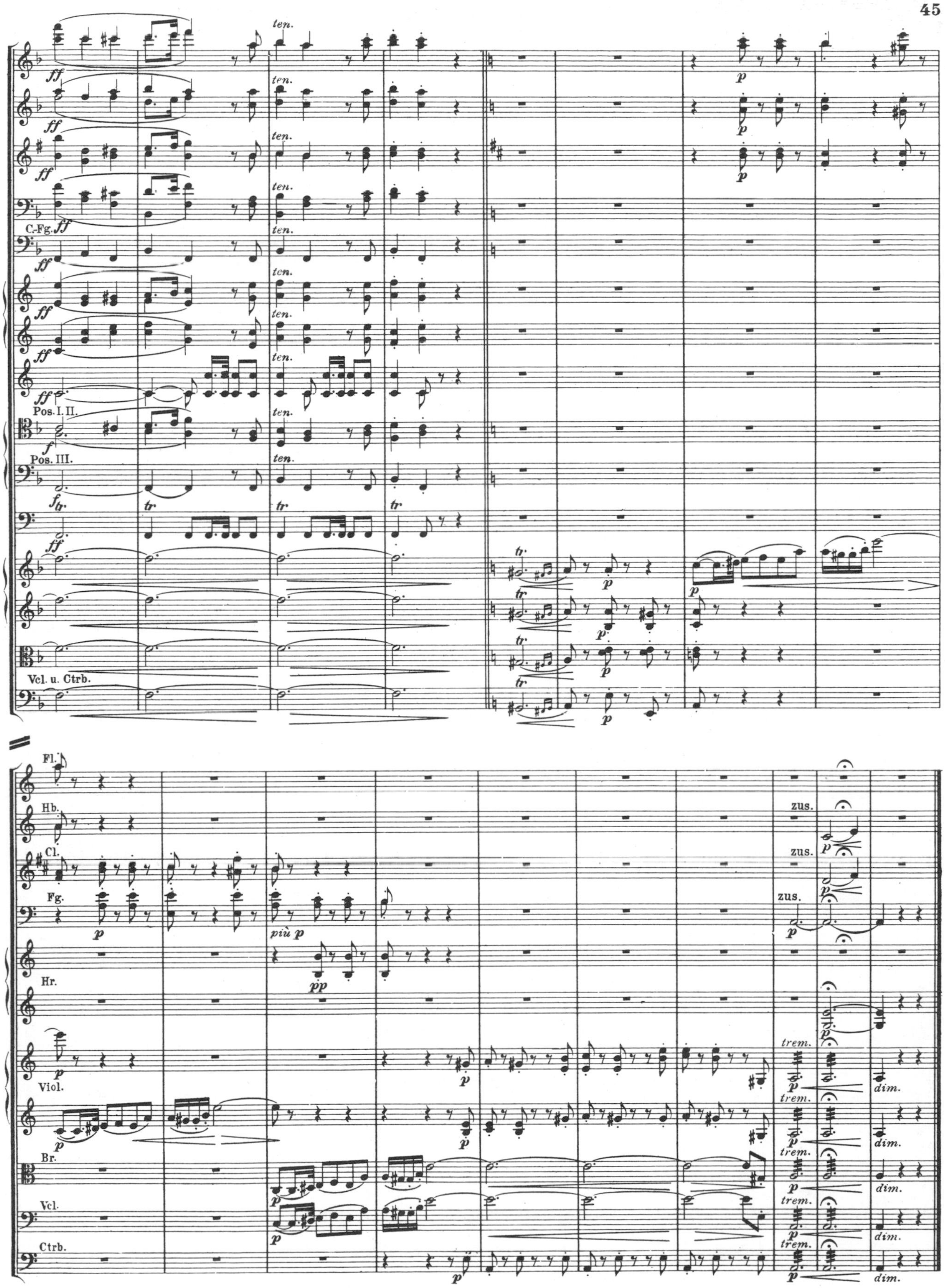

C.-Fg.

Pos. I. II.

Pos. III.

Vcl. u. Ctrb.

Allegro assai
2 Flöten
2 Hoboen
2 Clarinetten in C
2 Fagotte
1. u. 2
Hörner in C
3. u. 4
2 Trompeten in C
Pauken in C u. G
1. Violine
2. Violine
Bratsche
Violoncell
Contrabass
cresc.

zus.
1.
2.
cresc.
pizz.

zus.
cresc.
f
1.
p
più f
(Bog)
più cresc.
cresc.
p

P

zus.

ff

mf cresc.

zus.

sempre f

zus.

Q
cresc.
zus.
più f
f
ff

Un poco meno allegro
p dolce
1.
2.

1.
p
1.
p
1.
p
1.
p
p
p
1.
p
1.
p
p
p
p
p
p
p
p
p
1.
p
p
p
p
cresc.
cresc.
cresc.
cresc.
cresc.
cresc.
cresc.
cresc.
cresc.
cresc.

zus.
R

dim.
fp
più p
mf
f
Tempo I
1.
p
cresc.

zus.
pizz.

2 f zus.

f

cresc. più f

cresc. più f

cresc. più f

cresc. più f

cresc. più f

cresc. più f

cresc. più f

cresc. più f

arco

cresc. più f

ff p p p p p

ff p p p

ff p p p p

ff f più f

ff f f f

ff f f f

cresc.
più cresc.
p
ff
più crescc.
zus.
sempre f

cresc.
più f
f
ff

Meno allegro
p dolce
p dolce
p dolce
p dolce
p
p
p
p
p
p
p
1.
p
p
p
p
p
p
p
p
p
p
p

cresc.
f

dim.
f
p
2.p
Presto.
cresc.
più cresc.
p cresc.

ff
sempre ff

Allegro molto e vivace

S

zus.

zus.

zus.

zus.

zus.

zus.

zus.

zus.

zus.

zus.

zus.

zus.

zus.
1.

p
p
p
p
p
p
p
1.
p cresc.
p cresc.
p cresc.
p cresc.
p cresc.
p cresc.
p cresc.
p cresc.
cresc.
cresc.
cresc.
cresc.
f
f
f
f
f
f
f
f
f
f
f
f
più f
più f
più f
più f
più f
più f
più f
più f
più f
più f
più f
più f
più f

ff
dim.
p zus.
p
zus.
f
fff

zus.
p
cresc.
pp
pizz.
Bog.
mf cresc.
f

U
più f
ff
p

1.
p
1.
p
f

1.
p
cresc.
più cresc.
più f
f
ff
V

f
sempre f
zus.
W
p
fp

p
più p
pp
1.
cresc.
f

1.
p
1.
p
p
p
p
p
zus.
cresc.
ff
sf
zus.
zus.
zus.

zus.
zus.
zus.
zus.
zus.

1.
p
p
p
p
p
p
p
p
pizz.
p
pizz.
p
1.
p
p
p
p cresc.
cresc.
cresc.
cresc.
cresc.
cresc.
p
p
p
p cresc.
p cresc.
p
cresc.
p cresc.
Bog.
cresc.
Bog.
cresc.
f
f
f
f
f
f
f
f
f
f

ff
f
X
1.
zus.
p
dimin.

1.
1.
cresc.
zus.
cresc.
zus.
cresc.
pizz.
pizz.
pizz.
Bog.
Bog.
Bog.

zus.
sempre f
zus.
f
più f
ff

Y
zus.
zus.
zus.
cresc.
cresc.
cresc.
cresc.
cresc.
cresc.
cresc.
cresc.

cresc.
f
più f
ff

Z
zus.
Pos. I.II.
Pos. III.
Vcl. u. Ctrb.

Più allegro

Vcl. u. Ctrb.
Vcl. u. Ctrb.

Konzert-Ouvertüre in d moll

von

Richard Wagner

Komponiert: Leipzig, den 26. September 1831.
Umgearbeitet: den 4. November 1831.

Erste Ausgabe 1926.
R. W. XX.

Original-Verleger: Breitkopf & Härtel in Leipzig.

Fl.
Ob.
Clar. B.
Fag.
D.
Cor.
B.
Tr. D.
Timp.
Vl. I.
Vl. II.
Vla.
Vcl.
Basso.
2
3
f
ff

4
Fl.
Ob.
Clar. B.
Fag.
D.
Cor.
B.
Tr. D.
Timp.
Vl. I.
Vl. II.
Vla.
Vcl.
Basso.
zus.
5
zus.
3.
Vcl. e Basso.

Fl.
Ob.
Clar. B.
Fag.
D.
Cor.
B.
Tr. D.
Timp.
Vl. I.
Vl. II.
Vla.
Vcl. e Basso.

6

Fl.
Ob.
Clar. B.
Fag.
D.
Cor.
B.
Tr. D.
Timp.
Vl. I.
Vl. II.
Vla.
Vcl. e Basso.

6

Fl.
Ob.
Clar. B.
Fag.
D.
Cor.
B.
Tr. D.
Timp.
Vl. I.
Vl. II.
Vla.
Vcl. e Basso.
7
8

9
Fl.
Ob.
Clar. B.
Fag.
D.
Cor.
B.
Tr. D.
Timp.
Vl. I.
Vl. II.
Vla.
Vcl. e Basso.
9
10
più f
10

Fl.
Ob.
Clar. B.
Fag.
D.
Cor.
B.
Tr. D.
Timp.
Vl. I.
Vl. II.
Vla.
Vcl. e Basso.
11
ff
sf
p
cresc.
Vcl.
Basso.

12
Fl.
Ob.
Clar. B.
Fag.
D.
Cor.
B.
Tr. D.
Timp.
Vl. I.
Vl. II.
Vla.
Vcl.
Basso.
cresc.
ff
f
mf
sf
piu f
f cresc.
13

14
Fl.
Ob.
Clar. B.
Fag.
D.
Cor.
B.
Tr. D.
Timp.
Vl. I.
Vl. II.
Vla.
Vcl.
Basso.
f
ff
1.
p
dim.
più p
14
15
pp
p espressivo
p cresc.
15

16

Fl.
Ob.
Clar. B.
Fag.
D. Cor. B.
Tr. D.
Timp.
Vl. I.
Vl. II.
Vla.
Vcl.
Basso.

cresc. f ff dim. ff

16

17

Fl.
Ob.
Clar. B.
Fag.
D. Cor. B.
Tr. D.
Timp.
Vl. I.
Vl. II.
Vla.
Vcl.
Basso.

p più p pp 1.

17

18
Fl.
Ob.
Clar. B.
Fag.
D.
Cor.
B.
Tr. D.
Timp.
Vl I.
Vl II.
Vla.
Vcl.
Basso.
cresc.
zus.
18
19
Fl.
Ob.
Clar. B.
Fag.
D.
Cor.
B.
Tr. D.
Timp.
Vl.I.
Vl.II.
Vla.
Vcl.
Basso.
19

20
Fl.
Ob.
Clar. B.
Fag.
D.
Cor.
B.
Tr. D.
Timp.
Vl.I.
Vl.II.
Vla.
Vcl.
Basso.
f
più f
20
ff
Vcl. e Basso.

21
Fl.
Ob.
Clar. B.
Fag.
D.
Cor.
B.
Tr. D.
Timp.
Vl. I.
Vl. II.
Vla.
Vcl. e Basso.
21
22
22

Fl.
Ob.
Clar. B.
Fag.
D.
Cor.
B.
Tr. D.
Timp.
Vl. I.
Vl. II.
Vla.
Vcl. e Basso.
23

24
Fl.
Ob.
Clar. B.
Fag.
D.
Cor.
B.
Tr. D.
Timp.
Vl. I.
Vl. II.
Vla.
Vcl. e Basso.
24
25
Fl.
Ob.
Clar. B.
Fag.
D.
Cor.
B.
Tr. D.
Timp.
Vl. I.
Vl. II.
Vla.
Vcl. e Basso.
25

Fl.
Ob.
Clar. B.
Fag.
D.
Cor.
B.
Tr. D.
Timp.
Vl.I.
Vl.II.
Vla.
Vcl.e Basso.
zus.
26
1.
p dol.
pizz.

27
Fl.
Ob.
Clar. B.
Fag.
D.
Cor.
B.
Tr. D.
Timp.
Vl. I.
Vl. II.
Vla.
Vcl. e Basso.
cresc.
in A
Bog.
Clar. A.
sempre più f

28
Fl.
Ob.
Clar. A.
Fag.
D. Cor. B.
in D
Tr. D.
Timp.
Vl. I.
Vl. II.
Vla.
Vcl.
Basso.
più f
29
Più allegro. 𝅗𝅥 = 126.
Cor. D.
Vcl. e Basso.

Fl.
Ob.
Clar. A.
Fag.
D.
Cor.
D.
Tr. D.
Timp.
Vl. I.
Vl. II.
Vla.
Vcl. e Basso.
30

31
Fl.
Ob.
Clar. A.
Fag.
D.
Cor.
D.
Tr. D.
Timp.
Vl. I.
Vl. II.
Vla.
Vcl. e Basso.
ff
31
32
32

Fl.
Ob.
Clar. A.
Fag.
D.
Cor.
D.
Tr. D.
Timp.
Vl.I.
Vl.II.
Vla.
Vcl. e Basso.
33
zus.
ff
p

34
Fl.
Ob.
Clar. A.
Fag.
D.
Cor.
D.
Tr. D.
Timp.
Vl. I.
Vl. II.
Vla.
Vcl. e. Basso.
cresc.
f
più f
ff
34
35
Fl.
Ob.
Clar. A.
Fag.
D.
Cor.
D.
Tr. D.
Timp.
Vl. I.
Vl. II.
Vla.
Vcl.
Basso.
35

Konzert-Ouvertüre in C dur

von

Richard Wagner

Komponiert 1832.

Erste Ausgabe 1926.
R. W. XX.

Original-Verleger: Breitkopf & Härtel in Leipzig.

Fl.
Ob.
Clar. C.
Fag.
Cor.
Tr. C.
Tromb.
Timp.
Vl. I.
Vl. II.
Vla.
Vcl.
Basso.
zus.
più f
espress.
1

Fl.
Ob.
Clar. C.
Fag.
Cor.
Tr. C.
Tromb.
Timp.
Vl.I.
Vl.II.
Vla.
Vcl. e Basso.
zus.
Allegro con brio. 𝅗𝅥= 108.

2
Fl.
Ob.
Clar. C.
Fag.
Cor.
Tr. C.
Tromb.
Timp.
Vl. I.
Vl. II.
Vla.
Vcl. e Basso.
zus.
più f
ff
f
2

zus.
3
Fl.
Ob.
Clar. C.
Fag.
Cor.
Tr. C.
Tromb.
Timp.
Vl. I.
Vl. II.
Vla.
Vcl. e Basso.
4

5
Fl.
Ob.
Clar. C.
Fag.
C.
Cor.
C.
Tr. C.
Tromb.
Timp.
Vl. I.
Vl. II.
Vla.
Vcl. e Basso.
5
Fl.
Ob.
Clar. C.
Fag.
C.
Cor.
C.
Tr. C.
Tromb.
Timp.
Vl. I.
Vl. II.
Vla.
Vcl.
Basso.
zus.
zus.

6
Fl.
Ob.
Clar. C.
Fag.
Cor.
Tr. C.
Tromb.
Timp.
Vl. I.
Vl. II.
Vla.
Vcl.
Basso.
Sprung
I
zus.

Fl.
Ob.
Clar. C.
Fag.
C.
Cor.
C.
Tr. C.
Tromb.
Timp.
Vl. I.
Vl. II.
Vla.
Vcl. e Basso.
zus.
9
10
tr
f

Fl.
Ob.
Clar. C.
Fag.
Cor.
Tr. C.
Tromb.
Timp.
Vl. I.
Vl. II.
Vla.
Vcl. e Basso.
cresc.
11
zus.
dim.
Vcl.
Basso.

12
Fl.
Ob.
Clar. C.
Fag.
Cor.
Tr. C.
Tromb.
Timp.
Vl. I.
Vl. II.
Vla.
Vcl.
Basso.
cresc.
zus.
12

Fl.
Ob.
Clar. C.
Fag.
C.
Cor.
C.
Tr. C.
Tromb.
Timp.
Vl. I.
Vl. II.
Vla.
Vcl.
Basso.
Vcl. e Basso.
13
zus.
cresc.
dim.
ff
f
p

14
Fl.
Ob.
Clar. C.
Fag.
Cor.
Tr. C.
Tromb.
Timp.
Vl. I.
Vl. II.
Vla.
Vcl. e Basso.
zus.
cresc.
più f
ff
15

Fl.
Ob.
Clar. C.
Fag.
C.
Cor.
C.
Tr. C.
Tromb.
Timp.
Vl. I.
Vl. II.
Vla.
Vcl. e Basso.
zus.
16

17
Fl.
Ob.
Clar. C.
Fag.
Cor.
Tr. C.
Tromb.
Timp.
Vl.I.
Vl.II.
Vla.
Vcl. e Basso.
17
Vcl.
Basso.

18
Fl.
Ob.
Clar. C.
Fag.
Cor.
Tr. C.
Tromb.
Timp.
Vl. I.
Vl. II.
Vla.
Vcl.
Basso.
zus.
cresc.
Vcl. e Basso.

19
Sprung II
NB Wenn nicht gesprungen wird, pausieren in diesem Takt alle Instrumente mit Ausnahme der Violoncelle und Bässe.
Fl.
Ob.
Clar. C.
Fag.
Cor.
Tr. C.
Tromb.
Timp.
Vl. I.
Vl. II.
Vla.
Vcl. e Basso.
zus.
22

23
zus.
Fl.
Ob.
Clar. C.
Fag.
C.
Cor.
C.
Tr. C.
1.
Tromb.
Timp.
Vl. I.
Vl. II.
Vla.
Vcl. e Basso.
24

Fl.
Ob.
Clar. C.
Fag.
C.
Cor.
C.
Tr. C.
Tromb.
Timp.
Vl. I.
Vl. II.
Vla.
Vcl. e Basso.
zus.
più f

25
zus.
Fl.
Ob.
Clar. C.
Fag.
C.
Cor.
C.
Tr. C.
Tromb.
Timp.
Vl. I.
Vl. II.
Vla.
Vcl. e Basso.
26
Sprung III

Fl.
Ob.
Clar. C.
Fag.
C.
Cor.
C.
Tr. C.
Tromb.
Timp.
Vl.I.
Vl.II.
Vla.
Vcl. e Basso.
ff
29
Fl.
Ob.
Clar. C.
Fag.
C.
Cor.
C.
Tr. C.
Tromb.
Timp.
Vl.I.
Vl.II.
Vla.
Vcl.
Basso.
ff
29

Anhang.

Sprung I.
Fl.
Ob.
Clar. C.
Fag.
C.
Cor.
C.
Tr. C.
Tromb.
Timp.
Vl. I.
Vl. II.
Vla.
Vcl. e Basso.
cresc.
zus.
7
8
etc.
Weiter Seite 8 (116)
Zeile 2 Takt 8.

Sprung II.
20
zus.
cresc.
p
f
Fl.
Ob.
Clar. C.
Fag.
C.
Cor.
C.
Tr. C.
Tromb.
Timp.
Vl. I.
Vl. II.
Vla.
Vcl. e Basso.

NB. Wenn nicht gesprungen wird setzen nach dieser Fermata nur die Violoncelle und Bässe ein, die übrigen Instrumente schweigen.

28
zus.
Fl.
Ob.
Clar. C.
Fag.
C.
Cor.
C.
Tr. C.
Tromb.
Timp.
Vl. I.
Vl. II.
Vla.
Vcl.
Basso.
ff
f
Weiter Seite 21 (129)
Takt 1.
etc.

Träume

für Solo-Violine mit Orchesterbegleitung

bearbeitet von

Richard Wagner

18. December 1857.

Stich und Druck von Breitkopf & Härtel in Leipzig.

2.

4

Klar. B.

Fag.

Hr. F.

Solo-Vl.

Vl. I.

Vl. II.

Br.

Vcl.

pp — più p — p

4

5

Klar. B.

Fag.

Hr. F.

Solo-Vl.

Vl. I.

Vl. II.

Br.

Vcl.

pp — cresc. — mf — p — f

5

rit. — tempo

6

Klar. B.

Fag.

Hr. F.

Solo-Vl.

Vl. I.

Vl. II.

Br.

Vcl.

dim. — p — cresc. — f — dim. — p dolce — cresc.

6

Klar. B.
Fag.
Hr. F.
Solo-Vl.
Vl.I.
Vl.II.
Br.
Vcl.
dim.
p dolce
più p
pp
dolce
7
8
2.

Adagio

für Klarinette mit Streichquintettbegleitung

von

Richard Wagner

Stich und Druck von Breitkopf & Härtel in Leipzig.

Erste Ausgabe 1926.

R. W. XX.

Original-Verleger: Breitkopf & Härtel in Leipzig.

Klar. B.
Vl. I.
Vl. II.
Br.
Vcl.
K.-B.
pp
cresc.
trem.
Bog.
p
f
dim.
fp
mf

Klar. B.
Vl. I.
Vl. II.
Br.
Vcl.
K.-B.
pizz.
poco rall.
Bog.
pizz.

Trauersinfonie

zur feierlichen Beisetzung der Asche

C. M. von Webers

ausgeführt während des Zuges vom Ausschiffungsplatze bis an den Friedhof zu Dresden-Friedrichstadt am 14. Dezember 1844 nach Melodien der Euryanthe

bearbeitet von

Richard Wagner

Erste Ausgabe 1926.
R. W. XX.
Original-Verleger: Breitkopf & Härtel in Leipzig.

Fl.
Hob.
Klar. B.
Fag.
Ventilhr. F.
Hr. B.
Tr. F.
Pos.
Troml.
zus.
ten.
dolce
1

Fl.
Hob.
Klar. B.
zus.
Fag.
Ventilhr. F.
Hr. B.
Tr. F.
Pos.
Baßtb.
2
dolce
zu 4
2 I.
2 II.
B. Btb.

Fl.
Hob.
Klar. B.
Fag.
Ventilhr. F.
Hr. B.
Tr. F.
Pos.
Baßtb.
Troml.
3
dolce
zus.
p molto cresc.
ten.
più f
dim.
più p
cresc.
pp

Fl.
Hob.
Klar. B.
Fag.
Ventilhr. F.
Hr. B.
Tr. F.
Pos.
Baßtb.
Coda.
Troml.
zus.
zu 4
dim.
p dolce